STECKBRIEF

Name:
Bob Andrews

Alter:
10 J

Adresse:
Rocky Beach

was ich mag:
Musik hören, ins Kino gehen,
in Büchereien stöbern, Cola

was ich nicht mag:
für Tante Mathilda aufräumen,
Spinnen

was ich mal werden will:
Reporter
und Detektiv

Kennzeichen:
rotes ?

KBRIEF

haw

hre

Beach

thletik

g auf-
fgaben
tif

es

Dieses Buch gehört:

Name: Mohar

Alter: 10J

Hanhing D

Die drei ???® Kids

Band 59

Fußballhelden

Erzählt von Boris Pfeiffer

Mit Illustrationen von Harald Juch

KOSMOS

Umschlag- und Innenillustrationen von Harald Juch, Berlin
Umschlaggestaltung: Walter Typografie und Grafik GmbH, Würzburg

»Fußballhelden« ist der 59. Band der Reihe
»Die drei ???® Kids« siehe auch S. 128—129

Unser gesamtes lieferbares Programm und viele
weitere Informationen zu unseren Büchern,
Spielen, Experimentierkästen, DVDs, Autoren und
Aktivitäten findest du unter **kosmos.de**

Gedruckt auf chlorfrei gebleichtem Papier

© 2014, Franckh-Kosmos Verlags-GmbH & Co. KG, Stuttgart
Alle Rechte vorbehalten.
ISBN: 978-3-440-13704-8
Lektorat: Cordula Gerndt, Geschichtenpraxis München
Projektleitung: Ulrike Leistenschneider
Grundlayout: Friedhelm Steinen-Broo, eStudio Calamar
Produktion: DOPPELPUNKT, Stuttgart
Printed in Czech Republic / Imprimé en République tchèque

Die drei ???® Kids
»Fußballhelden«

Der große Tag

Der große Tag war gekommen. Ganz Rocky Beach fieberte diesem Ereignis seit Wochen entgegen, und nun war es endlich so weit. Die drei ???, Justus Jonas, Peter Shaw und Bob Andrews, standen in brandneuen, roten Fußballtrikots auf dem Schrottplatz von Justus' Onkel Titus und klatschten sich gegenseitig ab. »Cool«, rief Bob begeistert. »Und die Trikots sind extra für uns angefertigt worden, Just?«

»Ja«, bestätigte der Anführer der drei ???. »Für uns und alle anderen Auflaufkinder, welche die Spieler nachher aufs Feld führen werden. Der *PSC* hat tief in die Tasche gegriffen.«

Der *PSC* war der *Police Soccer Club Rocky Beach*, der Polizeifußballklub von Rocky Beach.

»Wahnsinn«, freute sich Peter. »Es ist wirklich toll von Kommissar Reynolds, dass er uns als Auflaufkinder mitmachen lässt. Ich bin richtig aufgeregt! Aufgeregter als bei jedem noch so spannenden Detektivfall, den wir schon gelöst haben. Könnt ihr euch das vorstellen?«

»Natürlich«, rief Bob. »Bei dir als Sportskanone ist das doch ganz normal. Immerhin handelt es sich beim heutigen Spiel um das Halbfinale der kalifornischen Polizeimeisterschaft. Wenn der *PSC* gewinnt, stehen unsere Spieler im Finale.«

»Ja, aber das wird schwer«, nickte Peter. »Unser Gegner, die *Santa Monica Blues,* waren schon letztes Jahr Meister. Die haben eine sehr starke Mannschaft ...«

»Freunde, im Fußball ist immer alles möglich«, sagte Justus gelassen. »Gerade in so einem Pokalspiel kommt es oft vor, dass der Außenseiter gewinnt. Die Spieler mobilisieren dann alle ihre Kräfte und ...«

»Erspar uns bitte deine gesammelten Fußballweisheiten, Justus!« Peter verdrehte die Augen. »Wissen wir doch alles: Der Ball ist rund, ein Spiel hat 90 Minuten, und wir dürfen jetzt nur nicht den Sand in den Kopf stecken!«

Bob lachte: »Wer hat das denn gesagt?«

Peter grinste. »Ein berühmter deutscher Fußballspieler. Aber seinen Namen habe ich vergessen. Und jetzt, Freunde, lasst uns endlich losgehen. Wir müssen schnell ins Stadion, denn ein gewisser Justus Jonas hat angekündigt, dass wir schon zweieinhalb Stunden vor dem Spiel dort sein werden. Warum auch immer das so früh sein muss?!«

Justus sah Peter und Bob an. »Na, ganz einfach: Wir sind mit Kommissar Reynolds verabredet. Er wartet nämlich mit einer Sonderaufgabe auf uns.

Und ihr werdet euch sicher freuen, wenn ihr erfahrt, um was für eine Aufgabe es sich handelt.« Er blickte zur Veranda des Wohnhauses hinüber, auf der soeben seine Tante Mathilda erschien.

»Justus, Peter und Bob!«, schallte Tante Mathildas Stimme über den Schrottplatz. »Wollt ihr noch ein Stück Kirschkuchen, bevor ihr euch auf den Weg macht? Als Wegzehrung sozusagen. Ich habe gerade welchen gebacken.«

Das ließen sich die drei ??? nicht zweimal fragen. Für Tante Mathildas Kirschkuchen musste selbst eine noch so spannende Spezialaufgabe warten. Begeistert rannten die Freunde zur Veranda des Jonasschen Wohnhauses. Justus lebte bei seiner Tante und seinem Onkel, seit er fünf Jahre alt war. Damals waren seine Eltern bei einem Unfall ums Leben gekommen, aber er hatte hier ein neues Zuhause gefunden und war, trotz des schweren Unglücks in seiner frühen Kindheit, ein glücklicher Junge geworden.

Auf dem Verandatisch stand ein großer Kirschkuchen, von dem Tante Mathilda jetzt jedem der drei Freunde ein ordentliches Stück abschnitt.

»Mhm, monsterlecker«, verkündete Bob, als er abgebissen hatte. »Ihr Kirschkuchen ist wirklich der beste der ganzen Welt, Mrs Jonas!«

Tante Mathilda strahlte. Tatsächlich war ihr Kirschkuchen weit über die Grenzen des kleinen kalifornischen Küstenstädtchens hinaus berühmt. Aber sie freute sich jedes Mal ganz besonders, wenn die drei ??? den Kuchen lobten. Zufrieden sah sie ihnen beim Essen zu. »Na, freut ihr euch auf das Spiel?«

»Und wie«, mampfte Peter. »Wir haben alle vom Feeling her ein gutes Gefühl!«

»Wie bitte?« Tante Mathilda sah fragend auf.

»Das hat auch mal ein Fußballspieler gesagt«, lachte Peter. »In den Interviews nach einem Spiel reden die Spieler oft wirres Zeug.«

»Das kommt von der hohen körperlichen An-spannung«, meinte Bob. »Da sind sie so erschöpft, dass sie nicht mehr klar denken können.«

»Ich glaube eher, es kommt vom zu kurzen Nachdenken«, verkündete Justus. »Nicht jedem ist es gegeben, sowohl auf dem Spielfeld als auch bei einem Interview vor der Fernsehkamera im Rampenlicht zu stehen.«

Peter nickte. »Da hast du recht. Aber manchmal geben Fußballer auch richtig witzige Sachen von sich. Ein Trainer, der viel kritisiert wurde, hat zum Beispiel in einem Interview mal gesagt: *Wenn ich übers Wasser laufe, sagen meine Kritiker: Nicht mal schwimmen kann er!*«

Tante Mathilda lachte. »Herrlich, was ihr alles wisst! Onkel Titus und ich werden nachher natürlich auch ins Stadion kommen. Ganz Rocky Beach wird da sein. So, aber erst muss ich noch die Wäsche waschen und den Abwasch erledigen.« Sie ließ ihren Blick über den Schrottplatz schweifen. »Und eigentlich müsste auch der Schrottplatz endlich einmal wieder aufgeräumt werden ...« Justus' Tante seufzte. »Aber heute werdet ihr dafür keine Zeit mehr finden, oder?«

»Nein, leider wirklich nicht«, rief Bob hastig. Er stieß Peter und Justus an. »Kommt, Freunde, jetzt aber los! Der Kommissar wartet schon!«

Die drei ??? sprangen auf und verabschiedeten sich schnell von Tante Mathilda. Dann schwangen sie sich auf ihre Fahrräder und machten sich auf den Weg zum Stadion.

Es war früher Nachmittag. »Die nächsten Tage müssen wir uns in der Kaffeekanne verstecken«, rief Peter seinen Freunden zu. »Als deine Tante eben mit dem Thema Aufräumen anfing, hatte ich schon Angst, sie würde darauf bestehen, dass wir das heute noch machen.« Bei der *Kaffeekanne* handelte es sich um das Geheimversteck der drei ???, das sie sich in einem ausgedienten Wassertank für Dampflokomotiven eingerichtet hatten.

»Ja«, murmelte Justus. »Tante Mathildas Ordnungsfimmel ist wirklich sehr gefährlich. Gefährlicher als jeder noch so gute gegnerische Stürmer im eigenen Strafraum. Sosehr ich meine Tante liebe, manchmal ist sie einfach *zu* ordentlich.«

Bob lachte. »Dafür war ihr Kirschkuchen mal wieder einmalig. Und jetzt, Freunde, denken wir nicht mehr ans Schrottplatzaufräumen oder die Kaffeekanne, denn dieser Tag wird ganz dem Fußball gewidmet. Auf ins Stadion!«

Lokalderby

Zwanzig Minuten später standen die drei ??? im Kabinentrakt des Fußballstadions von Rocky Beach und lauschten aufgeregt auf das gewaltige Summen, das bereits von den Stadionrängen bis zu ihnen drang. »Freunde, das hört sich ja an wie ein wild gewordener Bienenschwarm«, gruselte sich Peter.

»Keine Sorge«, beruhigte ihn Justus. »Das sind nur die Stimmen der vielen Zuschauer, die schon Platz genommen haben. Typisch Lokalderby! Wenn zwei Fußballvereine aus derselben Gegend aufeinandertreffen, finden das die Zuschauer immer besonders aufregend. Es scheint schon gewaltig voll zu sein!«

»Das weiß ich auch, Just«, murmelte Peter. »Aber ein bisschen unheimlich klingt es trotzdem. Man kann von hier drinnen überhaupt nicht erkennen, was draußen passiert.« Er starrte zum Ausgang. Aus dem Tunnel, der aus den Tiefen des

Kabinentrakts hinaus aufs Spielfeld führte, sahen die drei ??? tatsächlich lediglich ein helles Licht am Tunnelende. Die einzelnen Zuschauer auf den Rängen konnten sie nicht ausmachen.

»Ich finde es irre spannend«, rief Bob. »Das ist das erste Lokalderby, das zwischen Rocky Beach und Santa Monica ausgetragen wird. Und dann auch noch durch die Polizeivereine der beiden Städte. Das ist wirklich großartig!«

»Stimmt«, gab Peter zu. Dennoch zupfte er nervös an seinem roten Trikot.

Justus lächelte. »Denk dran, wir sind die Heimmannschaft. Da haben wir nun wirklich nichts zu befürchten. Im Gegenteil! Wir haben zusammen mit den anderen Auflaufkindern die höchst ehrenwerte Aufgabe, die beiden Mannschaften nachher unter dem Jubel der Zuschauer aufs Feld zu führen. Also beruhige dich! Wenn du weiter so bibberst und zitterst, knicken dir noch die Knie weg. Und wenn du dann lang auf dem Spielfeld hinschlägst, wirft das kein gutes Licht auf uns ...«

»Kein gutes Licht?!«, knurrte Peter. »Ich würde mich zu Tode schämen. Aber dass ich überhaupt so aufgeregt bin, ist nur deine Schuld, Just. Du wolltest ja unbedingt schon so viel früher hier sein. Dabei ist der Kommissar offensichtlich noch gar nicht da. Und jetzt müssen wir hier rumstehen und warten. Wir sind viel zu früh losgefahren. Das Warten ist das Schlimmste! Es macht mich total nervös.«

»Das sollte es aber nicht, Peter!«, unterbrach ihn Justus belehrend. »Erstens sind wir das geduldige Warten als Detektive gewöhnt, und zweitens solltest du mir lieber dankbar sein. Wenn du nämlich ein bisschen mehr detektivischen Vorausblick an den Tag legen würdest, wäre dir schon längst klar, warum wir hier sind!«

Bob sah neugierig auf. »Was meinst du damit, Just?«

»Na, seht mal da!« Justus wies auf eine große Torwand, die an der Seite des Tunnels aufgebaut war. »Gleich geht draußen das Torwandschießen für die Zuschauer los. Und dazu muss das Ding da aufs Spielfeld getragen werden. Dabei werden wir helfen und dürfen dann nämlich mitspielen. Ich habe den Kommissar gefragt.«

Augenblicklich leuchteten Peters Augen auf. »Just, das ist ja super! Ich kann ganz gut Torwand schießen ...«

Justus zwinkerte seinem Freund zu. »Das weiß ich doch. Und wenn dich das alles hier nicht so nervös machen würde, hättest du die Torwand auch sicher schon selbst bemerkt«, fügte er begütigend hinzu.

In diesem Moment ertönte eine tiefe Stimme hinter den drei ???. »Da seid ihr ja!« Kommissar Reynolds trat aus einer der Spielerkabinen. Genauso wie die drei Freunde trug er ein knallrotes Trikot mit der Aufschrift *PSC Rocky Beach*. Nur, dass das Fußballhemd bei ihm noch um einiges enger saß als bei Justus. Der Kommissar lächelte. »Willkommen, meine geheime Spezialeinheit! Heute werdet ihr sicher keinen Fall lösen müssen, sondern könnt

euch ganz dem großen Halbfinale widmen. Die andere Mannschaft kommt gerade draußen mit ihrem Bus an.«

»Toll!«, rief Bob. »Der *Police Soccer Club Rocky Beach* gegen die *Blue Bulls Santa Monica*. Ich bin wirklich gespannt, ob Ihre Mannschaft es schafft, sich gegen die Gegner durchzusetzen. Die haben bisher alle Spiele hoch gewonnen.«

»Ja, leider!«, nickte der Kommissar. »Das wird ein schweres Spiel. Und ich bin offen gestanden nicht gerade der weltbeste Mittelstürmer. Aber meine Kollegen wollten unbedingt, dass ich in die Spitze gehe.«

Justus schüttelte betrübt den Kopf. »Bestimmt, weil die Abwehr von Santa Monica als knochenhart gilt und alle denken, der Kommissar wird es schon schaffen ... Da werden Sie als Mittelstürmer einiges auszuhalten haben!«

»Glück gehört dazu«, lachte Peter. »Natürlich packen Sie das, Kommissar Reynolds! Dürfen wir wirklich helfen, die Torwand aufzubauen? Wenn Sie wollen, zeige ich Ihnen dann noch einen guten Trick, wie man einen Torwart verlädt. Das sogenannte *Löffelchen*!«

»Oh, das wäre gut«, nickte Reynolds. »Ich kann wie immer jede Hilfe gut gebrauchen. Beim Torwandtragen und beim Fußballtraining. Und heute seid ihr eben meine geheime Fußballeinheit. Kommt, das große Fest geht jetzt los.« Er trat auf die Torwand zu. »Danke, dass ihr angeboten habt, zu helfen. Ich bin so aufgeregt, dass ich es selbst kaum glaube. Es ist das erste Mal in meinem Leben, dass ich ein Endspiel erreichen kann. Hoffen wir das Beste!«

Aberglaube

Die drei ??? packten die Torwand an drei Seiten, der Kommissar nahm die vierte, und gemeinsam trugen sie die schwere Platte mit den zwei Löchern in den Ecken hinaus auf den Platz. Zwischen den beiden Trainerbänken kamen sie ins Freie. Der Anblick war überwältigend. Kaum hatten die Freunde den Tunnel verlassen, konnten sie sehen, was im Stadion bereits los war. Die Ränge waren von ein paar tausend Zuschauern gefüllt. Und als diese die Torwand erblickten, brandete Jubel auf.

Kommissar Reynolds zuckte zusammen. »Dass die Fans so laut sind, hätte ich nicht vermutet«, schluckte er.

»Warten Sie erst mal, bis Sie ein Tor geschossen haben«, lachte Peter. »Los, weiter!« Er wollte gerade den ersten Fuß auf den Rasen des Spielfelds setzen, als der Kommissar ihn mit einem Aufschrei zurückhielt: »Halt, Peter Shaw, doch nicht mit dem *rechten* Fuß zuerst!«

»Wie bitte?« Unsicher sah Peter Reynolds an.

»Du darfst nicht mit dem rechten Fuß zuerst aufs Spielfeld treten«, rief der Kommissar. »Das bringt Unglück!«

Verwundert zuckte Peter die Schultern. »Äh, wieso denn? Das habe ich noch nie gehört ...«

»Nicht?«, fragte Reynolds entsetzt zurück.

»Aber das ist doch noch lange nicht alles, was man für einen Sieg tun kann. Ich habe auch immer eine Glücksmünze in einem meiner Schuhe. Nicht in meinem Alltag als Polizist, aber auf dem Fußball-feld. Jeder in unserer Mannschaft hat seine Glücks-rituale. Unser Torwart Manuelito Novello geht auf der Toilette immer nur ans Pissoir ganz links außen. Und unser Flankengott Eckham hat seit Beginn der Pokalspiele seine Socken nicht mehr gewaschen.«

»Und das soll Glück bringen?« Bob rümpfte die Nase. »Das muss doch sehr stinken in der Um-kleidekabine ...«

»Ja, schon«, nickte Reynolds. »Aber Eckham sagt, er schieße auf diese Weise viel bessere Ecken.« Der Kommissar sah die drei ??? entschuldi-gend an. »Der Aberglaube im Fußball ist sehr stark. Und ich halte mich eben auch daran. Darum setzt bitte niemals zuerst den rechten Fuß auf das Spiel-feld.«

Gehorsam betraten Justus, Peter und Bob den

Rasen mit dem linken Fuß, als sie die Torwand aufs Spielfeld trugen. Ebenso tat es der Kommissar.

In der Mitte des Fußballfeldes stand bereits ein Reporter mit Mikrofon und interviewte einen glatzköpfigen Schiedsrichter, der einen Ball in der Hand hielt. Neben ihm hüpfte das Maskottchen der *Santa Monica Blues*. Bei diesem handelte es sich um einen mannsgroßen blauen Stier mit gewaltigen goldenen Hörnern, die in der Sonne funkelten.

Als das Maskottchen die drei ??? entdeckte, rannte es auf sie zu. Wie alle Fußballmaskottchen sprach der Mensch, der im Kostüm steckte, kein Wort, sondern zeigte nur auf die drei ??? und den Kommissar in ihren roten Trikots und klopfte sich dann auf die Schenkel. Es sah aus, als würde das Maskottchen sie auslachen.

»Das ist ja nicht gerade sehr nett«, beschwerte sich Bob. »Wir schleppen hier die Torwand an, und das Maskottchen der gegnerischen Mannschaft macht sich über uns lustig!«

»Das gehört zur Show, Bob«, beruhigte ihn Peter, der sich hier draußen auf dem Feld ganz offensichtlich sehr viel wohler fühlte als im Kabinentrakt. »Kommen Sie, Kommissar, jetzt zeige ich Ihnen das *Löffelchen.*«

Die drei ??? halfen Reynolds, die Torwand aufzustellen. Dann lief Peter zum Schiedsrichter mit dem Ball. »Darf ich den noch mal benutzen, bevor das offizielle Torwandschießen losgeht?«

»Klar, Junge«, nickte der Mann. »Und Sie können inzwischen die Mitspieler aus dem Publikum zusammenrufen«, wandte er sich dem Reporter zu.

»Liebes Publikum!«, brüllte dieser auf der Stelle ins Mikrofon, sodass es laut durchs Stadion hallte. »Liebe Zuschauerinnen und Zuschauer! Sobald die beiden Maskottchen der Vereine hier sind, geht es los. Neben mir sehen Sie bereits den Stier der *Santa Monica Blues.* Es fehlt nur noch der Bär des *PSC Rocky Beach.* Hoffentlich fürchtet er sich nicht vor dem wilden Stier!«

Ein Teil des Publikums jubelte. Der andere Teil buhte. Der blaue Stier tat wieder so, als würde er lachen. Diesmal aber kümmerten sich die drei ??? nicht darum. Stattdessen legte Peter den Ball ein paar Meter vor die Torwand und wandte sich dann Reynolds zu. »Passen Sie auf, Herr Kommissar. Wenn Sie weit mit dem Bein ausholen, aber den Ball dann nicht fest schießen, sondern nur leicht mit dem Spann unter ihn fahren, dann sieht es für den gegnerischen Torwart so aus, als würden Sie volle Pulle abziehen. Aber in Wirklichkeit lüpfen Sie den Ball nur sanft über ihn hinweg. Und weil der Keeper angespannt auf Ihren Monsterschuss lauert, kommt er meist nicht mehr schnell genug hoch, um den Ball noch zu erwischen. Das ist ein sehr guter Trick. Ich mache Ihnen das mal vor.«

Peter legte sich den Ball zurecht und nahm einige Schritte Anlauf. Wie ein Weltklassestürmer jagte er dann auf den Ball zu und holte mit dem rechten Bein ordentlich aus, als wollte er mit aller Macht auf die Torwand schießen. Doch kurz bevor er den Ball traf, bremste er seine Bewegung, fuhr mit dem rechten Fuß unter den Ball und lüpfte ihn, sodass dieser in einem eleganten Bogen auf das obere Loch in der Torwand zusegelte und sich durch dieses senkte. Das Publikum jubelte auf.

»Sehen Sie, es ist gar nicht so schwer«, grinste Peter dem Kommissar zu. »Probieren Sie es mal.«

»Oh, äh, na gut ...« Reynolds ließ sich den Ball von einem Balljungen zuwerfen und legte ihn sich zurecht. Dann nahm er kräftig Anlauf, wie Peter es ihm vorgemacht hatte, und holte aus, um zu schießen. Doch statt mit dem Spann, erwischte er den Ball mit der Pike. Und statt sich elegant zu heben und Richtung Torwand zu senken, sauste der Ball mit hohem Tempo direkt auf das Maskottchen der *Santa Monica Blues* zu. Dann landete er mit einem gewaltigen Klatschen auf der Schnauze des blauen Stiers. Das Publikum brüllte vor Lachen. Das Maskottchen dagegen schüttelte wütend den Kopf und rannte auf den Kommissar zu. Dazu schwang es drohend die Fäuste.

Schnell trat Justus ihm entgegen. »Das war keine Absicht von unserem Mittelstürmer, Sir. Er ist kein sehr begnadeter Fußballer, müssen Sie wissen.« Das Maskottchen zeigte Justus wütend einen Vogel. Doch der blieb standhaft. »Bitte glauben Sie mir, es war wirklich keine Absicht. Mein Freund Peter hier wollte Kommissar Reynolds nur einen Trick zeigen, und der ist offensichtlich danebengegangen.«

Endlich beruhigte sich der blaue Stier. Er sah den Kommissar an, dann nickte er langsam mit dem Stierschädel, drehte sich zum Publikum und hob beide Arme zum Zeichen, dass es ihm gut ging.

»Uff!« Justus stieß die Luft aus.

»Wer steckt eigentlich in dem Kostüm?«, fragte Bob leise.

»Keine Ahnung«, gab Justus zurück. »Irgendjemand vom Polizeiverein aus Santa Monica wahrscheinlich.«

Das blaue Maskottchen nahm sich jetzt den Ball und legte ihn vor die Torwand. Es nahm Anlauf und schoss. Der Ball donnerte gegen die Wand. Das Maskottchen schlug die Hände vors Gesicht und sank zu Boden. Dann zeigte es auf den Kommissar und forderte ihn mit wilden Gesten auf, noch einmal zu schießen.

»Sie sind dran, Kommissar!«, rief Peter. »Das ist ein Friedensangebot.«

Kommissar Reynolds wurde rot. »Aber ich habe eben schon so schlecht getroffen. Das Torwandschießen sollte eigentlich unser Maskottchen eröffnen. Wo bleibt das denn nur? Ich blamiere mich ja hier zu Tode.«

Aber jetzt fing das Publikum an zu rufen: »Torwandschießen, Torwandschießen!«

Reynolds hob die Arme. »Gleich, gleich, wir warten nur noch auf unser Maskottchen ...«

In diesem Moment kam der Reporter auf die drei ??? zugelaufen. »Wo bleibt denn euer Maskottchen? Es müsste doch schon längst hier sein. Die Leute werden unruhig. Oder sind Sie das und haben Ihr Kostüm vergessen?« Er sah Reynolds fragend an.

»Nein, ich habe nur die Torwand aufs Feld getragen. Ich bin der Mittelstürmer.«

»Ach so?« Der Reporter grinste. »Na, so sehen Sie nicht gerade aus. Aber wenn das Maskottchen Ihrer Mannschaft nicht kommt, müssen Sie ran. Sonst wird das Publikum wütend. Und ein empörtes Publikum ist das Schlimmste, was einem in einem Fußballstadion passieren kann.«

Hilfesuchend sah sich Reynolds um.

»Kommissar Reynolds!«, rief Peter. »Wenn Ihr Maskottchen nicht kommt, müssen Sie einspringen. Wettspiel ist Wettspiel.«

»Ja«, pflichtete der Reporter Peter bei. »Und die Spielregeln sehen vor, dass zwei Leute aus dem Publikum gegen die beiden Maskottchen antreten.«

»Wo könnte das Maskottchen des *PSC* denn stecken?« Justus sah den Kommissar fragend an. »Keine Ahnung«, antwortete dieser. »Vorhin hat unser roter Bär noch mit uns im Mannschaftsbus gesessen. Er müsste längst hier sein!«

»Wer steckt denn da überhaupt drin?«, fragte Bob.

»Tut mir leid, Jungs, aber das ist geheim«, murmelte Reynolds. »Es gehört auch zum Aberglauben, das nicht zu verraten. Aber so viel kann ich euch sagen: Wir haben mehrere Männer, die abwechselnd das Maskottchen spielen. Und die machen unter sich aus, wer es jeweils ist. Wir Spieler dürfen es nicht wissen. Das bringt Unglück, ihr versteht schon ...«

»Tja«, sagte Justus. »Die Macht des Aberglaubens. Aber wer auch immer heute im Maskottchenkostüm steckt, er ist nicht hier.« Der stämmige Anführer der drei ??? legte Daumen und Zeigefinger an die Unterlippe und begann, sie nachdenklich zu kneten. »Und das ist doch wirklich merkwürdig. Denn vom Parkplatz bis ins Stadion ist es nicht sehr weit, und es dürfte schwerfallen, auf dieser Strecke verloren zu gehen.«

Der Kommissar trat an den Ball. »Da hast du recht, Justus. Und jetzt muss ich mich auch noch zum Gespött der Leute machen. Bitte, meine geheime Spezialeinheit, macht euch für mich auf die Suche nach unserem Maskottchen. Ich halte hier so lange die Stellung.«

Gefährliches Spiel

Als die drei ??? das Spielfeld verließen und in den Kabinengang liefen, dröhnte hinter ihnen ein lautes Publikumslachen. »Klarer Fall, Reynolds hat den ersten Ball in die Wolken gejagt«, sagte Justus betrübt.

»Und diese Peinlichkeit muss er nur erdulden, weil das Maskottchen nicht da ist. Was für ein unverantwortlicher Mensch, der diesmal im Kostüm des roten Bären steckt«, fügte Bob hinzu.

»Ja, jetzt wird der Kommissar das ganze Spiel

über unter seinem Versagen leiden«, knurrte Peter wütend. »So ein Mist! Die *Santa Monica Blues* sind sowieso schon der Favorit. Und jetzt haben es unsere armen Polizisten von Rocky Beach mit ihrem angeschlagenen Mittelstürmer noch schwerer.«

Justus sah auf. »Peter, das ist ein wichtiger Gedanke, den du da hast. Vielleicht steckt ja Absicht dahinter?!«

»Ach, Just, du siehst mal wieder Detektivgespenster!« Peter schüttelte den Kopf. »Wie sollte das denn jemand geplant haben? Das geht doch gar nicht. Niemand konnte wissen, dass der Kommissar die Torwand rausträgt.«

»Aber ich habe mich gestern am Telefon mit ihm zum Beginn des Torwandschießens verabredet«, erwiderte Justus. »Das könnte sehr wohl jemand gehört haben.«

»Ein Verräter in den eigenen Reihen der Polizei von Rocky Beach? Das klingt unwahrscheinlich.« Bob schüttelte den Kopf. »Da kann ich mir schon eher vorstellen, dass die andere Mannschaft das

Maskottchen entführt hat. So was liest man immer wieder mal in den Sportzeitungen. Das sind beliebte fiese Streiche zwischen Konkurrenten. Das Stadion des Gegners in den eigenen Vereinsfarben anmalen oder die Fahnen verbrennen oder so was. Und Polizisten lieben es auch, anderen Polizisten eins auszuwischen. Davon erzählen sie sich dann auf der Wache noch jahrzehntelang.«

Justus schluckte. »Freunde, wir müssen verhindern, dass Rocky Beach zum Gespött in Santa Monica wird. Lasst uns das Maskottchen suchen!«

»Aber wo fangen wir an?«, überlegte Peter.

»Wir fragen die Spieler«, entschied Justus. »Sie waren mit ihm zusammen im Mannschaftsbus. Und dazu müssen wir in die Spielerkabine.«

»Ob wir da reinkommen?« Bob zögerte.

»Wir müssen!«, erwiderte Justus. »Los!«

Die drei ??? rannten zu den Kabinen. Die Tür der Gästekabine stand offen, aber darin war niemand zu sehen. »Die *Santa Monica Blues* sind noch nicht hier«, sagte Bob.

»Aber die Tür der Heimmannschaft ist geschlossen.« Peter zeigte auf die gegenüberliegende Seite.

»Natürlich!«, meinte Justus. »Die Mannschaft ist ja auch schon da.« Er zog die Tür entschlossen auf.

Vor den drei ??? saß, bis auf den Kommissar, die gesamte Mannschaft des *PSC Rocky Beach* auf langen Bänken. Davor stand der Trainer. Er wandte den drei ??? den Rücken zu und hielt gerade eine Ansprache. »Reynolds, da sind Sie ja endlich, das hat aber lange gedauert«, rief er über die Schulter. »Nun setzen Sie sich schon!«

»Entschuldigen Sie, Sir, wir sind nicht der Kommissar«, antwortete Justus.

Der Trainer fuhr herum. »Was soll das? Raus hier!«

»Der Kommissar schickt uns«, erklärte Justus rasch. »Er muss auf dem Spielfeld beim Torwandschießen das Maskottchen vertreten, das verschwunden ist ...«

»So ein Unsinn!«, rief der Trainer. »Wir sind alle zusammen in unserem Mannschaftsbus von der

Polizeiwache abgefahren, und unser Bär ist hier mit uns ausgestiegen.«

»Ja, Sir«, sagte Justus. »Aber jetzt ist er nicht mehr da. Hat das Maskottchen sich denn bis dahin ganz normal verhalten?«

»Aber ja! Völlig normal. Es hat natürlich nicht geredet, denn ein Maskottchen redet nie. Maskottchen verständigen sich nur durch Kopf- und Armbewegungen. Ihr habt euch geirrt. Unser Bär war bestimmt nur auf der Toilette und ist jetzt bereits draußen beim Torwandschießen.« Der Trainer trat dicht vor die drei ???. »Und jetzt verschwindet und macht meine Mannschaft nicht nervös.«

Doch im selben Moment trat ein großer blonder Spieler vor. »Hey, Trainer, das können wir aber nicht einfach auf sich beruhen lassen.«

»Das ist Steven Schießling«, murmelte Peter. »Der Außenstürmer!«

Der Spieler sah zu seinen Kameraden auf der Bank. »Das waren doch bestimmt die *Santa Monica Blues*. Das ist mal wieder so ein typischer Polizistenscherz! Ich habe gesehen, dass deren Maskottchen extra in einem separaten Polizeiwagen gebracht worden ist. Und ich habe mich noch gefragt, warum es nicht mit der Mannschaft im Bus fährt. Jetzt verstehe ich das. Die haben dafür gesorgt, dass ihr Maskottchen sicher ins Stadion kommt und dann unseres entführt. Aber so etwas lassen wir nicht auf uns sitzen, Kollegen!«

»Nee!«, stimmte ihm ein anderer, etwas bulliger Mann zu.

Peter bekam leuchtende Augen. »Just, Bob! Das

ist Hilgar Herdzimmer, ein großartiger Abwehr-spieler. Ach, wie sehr wünsche ich mir, dass unsere Mannschaft gewinnt!«

»Peter!«, wies Justus seinen Freund zurecht. »Hör jetzt auf, von Fußball zu träumen. Hier ent-steht gerade richtig schlimmer Ärger.« Tatsächlich waren sämtliche Fußballspieler des *PSC* aufge-sprungen und umringten wütend ihren Trainer. »Die anderen haben unser Maskottchen entführt! Das ist ein ganz gemeiner Trick der *Santa Monica Blues*!«

»David Eckham!«, entfuhr es Peter.

Justus rollte mit den Augen. Gleichzeitig fuhr der Trainer auf: »Leute, das Spiel fängt bald an. Wir können uns jetzt nicht um ein verschwundenes Maskottchen kümmern.«

Kaum aber hatte er das gesagt, erklang im Flur des Kabinentraktes lautes Fußgetrappel. »Die *Blues* sind da!«, rief David Eckham. »Jetzt sagen wir denen aber mal, was Sache ist!«

Krawall

»Da habt ihr ja etwas Schönes angerichtet!«, fuhr der Trainer des *PSC* die drei ??? an, während sich seine Spieler an ihm vorbei in den Flur drängten.

Ihre Stimmen hallten laut durcheinander: »So etwas lassen wir nicht mit uns machen.« — »Die glauben wohl, sie könnten uns mit so einem fiesen Trick reinlegen!« — »Denen zeigen wir es, kommt, Männer!«

Als geschlossene Gruppe traten die Polizeifußballer aus Rocky Beach auf die Mannschaft der *Santa Monica Blues* zu, deren Spieler gerade in die Gästekabine gehen wollten.

»Moment mal!« Mit Daumen und Zeigefinger knetete Justus heftig seine Unterlippe. »Das Ganze ist doch vollkommen unlogisch, denn ...« Weiter kam er nicht.

»Just!«, brüllte Peter. »Mit Logik kommst du hier nicht weit. Die gehen gleich aufeinander los.«

»Ja, das gibt Ärger!«, schluckte Bob.

»Wir müssen sofort den Kommissar holen!«, rief Peter. »Er ist der Einzige, der das hier noch regeln kann.« Justus nickte ergeben.

Im Eiltempo rasten die drei ??? aufs Spielfeld zurück, wo Reynolds soeben von der Torwand wegtrat. Dort standen jetzt einige Zuschauer bereit und wurden vom Maskottchen der *Blues* beklatscht. Reynolds sah die drei ??? erleichtert an. »Da seid ihr ja! Habt ihr unser Maskottchen gefunden? Ich habe sechsmal daneben geschossen. Jetzt kann ich etwas Aufmunterung gebrauchen.«

Doch Peter schüttelte heftig den Kopf. »Nein, Kommissar!«, rief er. »Das Maskottchen ist immer noch verschwunden. Aber jetzt gehen gleich die beiden Mannschaften aufeinander los. Die Männer aus Rocky Beach denken, dass die *Santa Monica Blues* mit dem Verschwinden des Maskottchens zu tun haben. Sie müssen sofort eingreifen. Sie sind der ranghöchste Polizist hier!«

Reynolds erstarrte für eine Sekunde. Aber dann setzte er sich sofort in Bewegung, und die Freunde folgten ihm. Als sie den Kabinentrakt betraten, bot sich ihnen ein wildes Bild. Mitten im Gang standen sich die beiden Fußballmannschaften laut schreiend und gestikulierend gegenüber.

»Ihr habt unser Maskottchen entführt!«, tönte es von den Männern aus Rocky Beach. Und von den *Santa Monica Blues* schallte es zurück: »Wir wissen nicht mal, wie euer Maskottchen aussieht! Und jetzt hört auf, uns zu beschuldigen!«

Rasch sprang Kommissar Reynolds dazwischen. »Kollegen!«, rief er. »Kollegen, ich bitte euch, beruhigt euch doch. Ja, unser Maskottchen ist verschwunden, aber —«

»Das waren die!«, rief David Eckham und zeigte auf die Mannschaft aus Santa Monica.

»Das waren wir nicht!«, kam es von den *Santa Monica Blues* zurück.

»Bitte, liebe Kollegen!« Kommissar Reynolds hob verzweifelt die Arme. Doch die Spieler wollten nicht auf ihn hören.

»Sie stehen alle viel zu sehr unter Druck«, flüsterte Justus seinen Freunden zu. »So kurz vor dem Spiel sind alle angespannt und reden so gedankenlos, wie wir es schon von den seltsamen Fußballeraussprüchen kennen. Freunde, jetzt hilft doch nur noch ein kühler Verstand. Wir müssen dem Kommissar helfen. Wir wissen mehr als er!« Rasch trat Justus genau zwischen die beiden Mannschaften. »Kommissar Reynolds!«, rief er, so laut er konnte. »Ich bitte um Ihr Gehör!«

Erstaunt sahen die erwachsenen Fußballspieler auf den etwas pummeligen Jungen, der sich zwischen ihnen aufgebaut hatte.

»Kommissar«, wiederholte Justus jetzt ruhiger. »Wann wurde das Maskottchen des *PSC Rocky Beach* zuletzt gesehen?«

Reynolds überlegte nicht lange. »Vorhin bei uns im Mannschaftsbus. Wir sind mit dem Bus hierhergekommen, und da war der rote Bär bei uns.«

Justus nickte. »Und dann war das Maskottchen mit Ihnen in der Kabine?«

»Nein«, antwortete Kommissar Reynolds.

»Nein«, riefen auch die Spieler des *PSC* in den roten Trikots. »Es ist nie in der Kabine angekommen.«

Justus nickte. »Genau, aber als Sie alle hier an-

kamen, waren die *Santa Monica Blues* da ebenfalls schon da?«

»Nein«, sagte einer der Spieler aus Rocky Beach. Es war der blonde Außenstürmer Steven Schießling. »Die sind ja erst vor fünf Minuten hier eingetrudelt.«

Justus sah den Kommissar nachdrücklich an. »Das bedeutet, das Maskottchen ist seit über einer Stunde nicht mehr gesehen worden, wohingegen die Spieler aus Santa Monica erst vor wenigen Minuten hier eingetroffen sind. Und das lässt den klaren Schluss zu, dass die *Santa Monica Blues* nichts mit dem Verschwinden zu tun haben können. Denn jemand, der nicht da ist, kann auch niemanden entführen.«

Kommissar Reynolds holte erleichtert Luft und nickte. Und auch die anderen Spieler in den roten Trikots sahen plötzlich sehr kleinlaut zu Boden.

»Manno, Mannomann«, murmelte der Abwehrrecke Hilgar Herdzimmer. »Das war wirklich schlechte Polizeiarbeit von uns.« Im nächsten Moment hob er den Kopf und streckte die Hand aus. »Entschuldigt, Kollegen!«, rief er den Spielern aus Santa Monica zu. »Es tut uns leid. Wir haben euch verdächtigt, aber der Junge hier hat uns klargemacht, dass wir falschlagen. Das waren wirklich nur hochgekochte Emotionen kurz vor dem Spiel.«

Ein Spieler der *Blues* trat vor und ergriff die dargebotene Hand. »Alles klar, Kollege! Damit ist die Sache geregelt. Wir gehen jetzt in unsere Kabine.«

Die drei ??? sahen zu, wie sich die beiden Mannschaften voneinander lösten und in ihre Kabinen zurückkehrten. Reynolds legte Justus die Hand auf die Schulter. »Danke!«, flüsterte er. »Ich hätte nicht gedacht, dass meine geheime Spezialeinheit heute noch einmal so wirkungsvoll zur Geltung

Spur der Verwüstung

Die drei ??? machten sich auf den Weg aus dem Kabinentrakt zum Parkplatz. »Freunde«, meinte Peter, »wenn die Polizisten aus Santa Monica es logischerweise nicht waren, warum kommt dieses Maskottchen dann nicht?«

Justus legte Daumen und Zeigefinger an die Unterlippe. »Nun, das Ganze könnte natürlich weiterhin ein Versuch sein, die Mannschaft von Rocky Beach aus dem Konzept zu bringen.«

»Wenn es sich darum handelt, ist der Plan ja auch voll aufgegangen«, nickte Bob. »Die Frage ist nur: Wer steckt dahinter?«

Justus sah plötzlich sehr ernst aus. »Vielleicht ist es ein verbissener Fan?«

»Aber wenn die *Santa Monica Blues* so gut sind — und sie haben immerhin die letzten Jahre ein paarmal den Polizeipokal gewonnen —, dann hätten sie so einen miesen Trick nicht nötig.« Peter schüttelte den Kopf. »Außerdem sind sie jetzt selbst auch aufgeregt durch den ganzen Trubel. Und so ein Maskottchen lässt sich doch auch nicht einfach von einem irren Fan entführen. Im Kostüm des roten Bären steckt immerhin ein Polizist.«

»Und doch muss es irgendeinen Grund für das Verschwinden geben«, erklärte Justus. »Und dem werden wir auf den Grund gehen. Wo also kann das Maskottchen sein?«

Im selben Moment hob Peter lauschend den Kopf. »Moment mal, Freunde!? Was ist denn da los?« Er deutete auf den Tunnelausgang, der zum Parkplatz führte. Justus und Bob spitzten ebenfalls die Ohren. Aufgeregte Schreie drangen ins Innere des Stadions.

Justus setzte sich in Bewegung. »Los, schnell!«

Die drei ??? beeilten sich. Als sie den Ausgang zum Parkplatz erreichten, bot sich ihnen ein schreckliches Bild. Eine Spur der Zerstörung zog sich quer über den Parkplatz. Direkt neben dem Ausgang standen oder vielmehr lagen die Reste eines umgekippten Würstchenstandes.

»Verflucht noch mal, wer war das?!«, tobte der Würstchenverkäufer aufgebracht. »Wer hat meinen Stand umgeworfen?!«

Dann riss er plötzlich die Augen auf, verzog den Mund etwas merkwür-

dig, und im nächsten Augenblick platzte ein gewaltiges Niesen aus seiner Nase. »*Haaaatschiiiie!*« Der Mann wurde rot, schnappte nach Luft, und dann musste er noch einmal niesen. »Das wird mir derjenige teuer bezahlen«, keuchte er, als er wieder Luft bekam. »So etwas lasse ich mir nicht bieten ... *Haaaatschiiiie!*«

Justus kräuselte die Nase. »Der Mann muss ja eine schreckliche Erkältung haben!«

»Aber mit so einer Erkältung verkauft man doch keine Würstchen«, sagte Bob. »Das ist ja eklig!«

»Ich habe keine Erkältung«, keuchte der Würstchenverkäufer. »Ich bin kerngesund. Aber dieser blöde Attentäter hat mir ... *Haaatschie!*« Wieder musste er niesen.

In diesem Moment deutete Peter auf einige kleine Papiertütchen, die vor dem Würstchenstand aufgerissen auf dem Boden lagen. »Seht mal«, rief er. »Das ist der Grund, warum der arme Mann so schrecklich niesen muss. Niespulver!«

Justus bückte sich und hob die Tütchen auf. Es

war ein ganzes Dutzend, und bis auf zwei waren sie alle aufgerissen und leer. »Tatsächlich«, nickte der Anführer der drei ???. »Das war ein gezielter Anschlag!«

Bob besah sich die Tüten. »Der Täter muss sie alle auf einmal aufgerissen und dann den Inhalt in einem großen Schwung über den Würstchenstand verteilt haben. Klar, dass das für Ärger sorgt.«

»Unser erstes Beweisstück«, nickte Justus und steckte die Tüten in seine Hosentasche. Er sah den Verkäufer an. »Sir, wie sah der Täter denn aus, und wohin ist er verschwunden?«

Der Mann schüttelte verzweifelt den Kopf. »Das war so eine Art Bär. Ich habe nur noch seinen Schatten gesehen. Und er ist da lang!«

Die drei ??? sahen über den Parkplatz hinweg in die Richtung, in die der Mann zeigte. Peter riss die Augen auf. »Dahinten ist noch ein Stand umgekippt!« Tatsächlich war etwa hundert Meter entfernt noch ein umgekippter Verkaufsstand zu sehen. Es handelte sich um einen Tisch mit Fanartikeln: Schals, Mützen, Trikots und Becher mit dem Aufdruck *Santa Monica Blues*. Wild verteilt lagen die Sachen auf dem Boden verstreut. Die drei ??? liefen hinüber.

»Was ist denn hier passiert?«, rief Bob dem Verkäufer zu.

»Ein Ungeheuer ist hier durchgerannt. Irgendein Blödian, der sich als Maskottchen des *PSC* verkleidet hat. Eine Unverschämtheit ist das!«, rief der Verkäufer der

Fanartikel, während er seine Waren wieder auf-sammelte.

»Das Maskottchen!«, rief Peter. »Wo ist es?« Er sah sich um, aber weit und breit war kein roter Bär zu sehen, und in der dichter werdenden Menschen-menge war es unmöglich, jemanden zu verfolgen, ohne dass man ihn zuvor gesehen hatte.

»Ja, es sieht aus, als hätte das Maskottchen hier mächtig für Unordnung gesorgt.« Justus schüttel-te den Kopf. »Diese Sache wird immer rätselhafter. Zuerst verschwindet das Maskottchen, und jetzt scheint es plötzlich wieder aufgetaucht zu sein und sorgt für das totale Chaos.«

Am Abgrund

»Jetzt haben wir immerhin schon einen neuen Anhaltspunkt«, meinte Bob. »Das Maskottchen scheint in Freiheit zu sein, und aus uns bisher unbekannten Gründen hat es den halben Parkplatz in seine Bestandteile zerlegt.«

»Meint ihr, es ist verrückt geworden? Also der Mensch, der im Kostüm steckt?« Peter sah sich unbehaglich um.

»Nein, das glaube ich nicht«, antwortete Bob. »Ich glaube vielmehr, das war pure Absicht. Ein Verrückter hat doch nicht einfach so Niespulver in der Tasche.«

»Sehr gut kombiniert!« Justus sah Bob anerkennend an. »Das glaube ich auch. Aber was wollte das Maskottchen damit erreichen?«

»Nun«, Bob überlegte kurz, »es hat eine Spur gelegt, eine Spur der Zerstörung, die jeder sieht.«

»Und was bedeutet das?«, fragte Justus weiter.

»Es klingt zwar unwahrscheinlich, aber ich glaube, es will, dass es bemerkt wird«, sagte Bob. »Hier scheint jemand Ärger zu stiften und will, dass er dabei gesehen wird. Ein sonderbares Verhalten.«

Justus nickte. »Was auch immer der Grund für dieses wirklich eigenartige Verhalten sein mag, die Sache scheint nicht ganz ungefährlich zu sein.« Der Anführer der drei ??? deutete auf den angerichteten Schaden. »Das sieht ja wirklich aus, als wäre ein wild gewordener Elefant durch einen Porzellanladen gestapft.«

»Oder als hätte sich ein Schwarm Bienen in das Kostüm des Maskottchens verirrt«, meinte Peter. Bob lachte auf. »Genau, und mit dem Niespulver wollte sich der Mann, der im Maskottchen steckt, dagegen wehren. Aber im Ernst, Freunde: Es ist wirklich dumm, dass uns niemand sagen will, wer in dem Kostüm steckt.«

»Eines haben wir auf alle Fälle schon mal herausgefunden«, meinte Justus. »Derjenige, der das Maskottchen spielt, war noch völlig normal, als die Mannschaft hier angekommen ist. Deswegen muss danach irgendetwas mit ihm geschehen sein.«

»Aber was?« Peter sah zu den Ständen, die inzwischen wieder aufgebaut waren. Der Verkauf ging weiter, und über den Vorplatz des Stadions drängten sich immer größere Mengen an Fußballfans. »Ich frage mich wirklich, was bringt ausgerechnet einen Polizisten dazu, sich so merkwürdig zu benehmen?«

»Für mich gibt es nur zwei mögliche Erklärungen«, verkündete Bob. »Entweder das Maskottchen ist wirklich verrückt geworden. Oder der Mann im Kostüm macht das, um Rocky Beach nervös zu machen und dafür zu sorgen, dass die Mannschaft verliert. Und das tut er zum Beispiel für Geld.«

»Ich glaube, die erste Erklärung können wir ausschließen«, sagte Justus. »Das war kein Verrückter. Die Aktionen sind zu gezielt, auch wenn sie irre wirken. Ein Verrückter würde vielleicht schreiend durch die Menge laufen. Aber warum sollte er eine solche Spur der Zerstörung hinterlassen? Und warum sollte er sich zuerst unsichtbar machen, um dann wieder aufzutauchen?«

»Außerdem gäbe es doch viel einfachere Wege, eine Mannschaft zum Verlieren zu bringen«, meinte Peter. »Als Maskottchen ist man ganz nah an den Spielern dran. Du könntest ihnen ein Schlafmittel ins Trinkwasser tun oder so.«

Justus nickte. Dann legte er nachdenklich Daumen und Zeigefinger an seine Unterlippe und begann, sie zu kneten. »Ich fürchte, wir kommen in diesem Fall einfach nicht weiter, solange wir nicht das Motiv des Täters kennen.«

»Ja«, stimmte Bob ihm zu. »Das Komische ist, dass das Maskottchen zuerst überhaupt keine Anzeichen für dieses merkwürdige Verhalten an den Tag gelegt hat, und dass es dann plötzlich und unerwartet ausgeflippt ist.«

»Andererseits ist das fast bei jedem Verbrechen der Fall«, erklärte Peter. »Die meisten Täter zeigen sich erst als Verbrecher, wenn sie ihr Verbrechen begehen. Davor sind sie meistens ganz und gar unauffällig.«

Immer noch nachdenklich ließ Justus Jonas seine Unterlippe wieder los. »Freunde, es bleibt uns nichts anderes übrig, als die Spur des Maskottchens von Anfang an zu verfolgen. Und zwar von dem Moment an, wo es aus dem Mannschaftsbus gestiegen ist. Wir waren ja schon auf dieser Fährte, nur dass uns dann das ganze Chaos hier in die Quere gekommen ist. Denn was auch immer mit dem Maskottchen geschehen ist, wenn etwas geschehen ist, dann ist es passiert, *nachdem* es aus dem Bus gestiegen ist.«

Da das auch Peter und Bob der einzige überprüfbare Anhaltspunkt schien, machten sich die drei ??? auf den Weg zum Mannschaftsbus des *PSC Rocky Beach*.

Bei diesem handelte es sich um ein großes, rotes Gefährt, auf das in weißen Buchstaben *Police Soccer Club Rocky Beach* geschrieben war. Einsam und verlassen stand der Bus am Rande des großen

Parkplatzes. Justus versuchte, die Tür zu öffnen, aber diese war verschlossen.

»Das war ja klar«, sagte Peter. »Was hast du denn gehofft, in dem Bus zu finden?«

»Ich weiß es auch nicht«, gab Justus zu und begann, suchend den Bus zu umrunden. Auf dem sandigen Parkplatzboden waren Dutzende von Fußabdrücken zu sehen. »Die sind bestimmt von den Fußballern, die aus dem Bus ausgestiegen sind«, meinte Bob. »Die Spuren führen alle vom Bus in Richtung Stadion.«

»Ja«, sagte Justus. Dann hob er den Blick und sah in die andere Richtung. Dort schloss sich an den Parkplatz eine Baustelle an. Eine tiefe Baugrube war ausgehoben worden, in deren Mitte sich eine große Pfütze gebildet hatte, fast wie ein kleiner See. Dicht neben dem Wasser standen ein paar kleinere Bauhütten. Justus lief hinüber und trat an den Rand der Baugrube. Dann begann er, langsam den Rand der Baugrube abzuschreiten. Dabei blickte er konzentriert in die Tiefe.

Bob gesellte sich zu ihm. »Was suchst du denn da unten, Just? Du willst doch wohl hoffentlich nicht runtersteigen? Da unten sind nur Sand und Schlamm.«

»Genau«, rief Peter, der nun auch neugierig hinzutrat. »Da würde nur ein Verrückter freiwillig durchlaufen. Der ganze Schlamm bleibt dir nämlich an den Füßen kleben, und nach wenigen Schritten hast du so riesige Matschklumpen an den Schuhen, dass du dich kaum noch bewegen kannst.« Peter schüttelte sich angeekelt.

»Da habt ihr recht«, nickte Justus langsam. »Hat einer von euch zufällig ein Fernglas dabei?«

Bob und Peter sahen sich erstaunt an. »Nein«, sagte Bob dann. »Das gehört nicht zu den üblichen Ausrüstungsgegenständen, die ich immer in der Hosentasche trage.«

»Schade«, erwiderte Justus. »Ein zusammen-klappbares Fernglas oder ein kleines Fernrohr soll-te man als Detektiv eigentlich immer bei sich ha-ben. Tja, dann bleibt uns wohl nichts anderes übrig, als es doch zu Fuß zu versuchen.«

»Aber was willst du denn da unten?« Peter schnaufte laut auf. Doch ehe Justus Jonas antwor-ten konnte, erscholl hinter den drei ??? zum wieder-holten Mal an diesem Tag ein lautes Geschrei.

Porter, der Gesetzeshüter

Die drei ??? fuhren herum. »Was ist das denn? Ich traue meinen Augen nicht!« Bob zeigte auf einen Mann, der mit känguruartigen Sätzen vor dem Eingang des Stadions auf und ab sprang und dazu rief: »Ich habe ihn, ich habe ihn! Die gesamte Polizei von Rocky Beach treibt sich im Fußballstadion herum, und an mir einfachem Bürger bleibt es hängen, für Recht und Ordnung zu sorgen! Ein Glück, dass es mich gibt!«

Bob packte Justus und Peter am Arm. »Seht ihr auch, was ich sehe?«

»Ja, das ist Mr Porter!« Peter stand der Mund sperrangelweit offen. »Das gibt's doch nicht!«

Mr Porter betrieb einen Gemischtwarenladen unweit des Stadions am Marktplatz von Rocky Beach, in den die drei ??? ihre auf Onkel Titus' Schrottplatz sauer verdienten Dollars trugen, wann immer sie Bedarf nach Süßigkeiten, Comics oder ähnlichen Artikeln hatten.

»Aber was macht er denn da?« Justus setzte sich bereits in Bewegung.

Die Antwort auf diese Frage ließ nicht lange auf sich warten, denn Mr Porter sprang jetzt zu seinem kleinen Transportlastwagen, der direkt hinter ihm auf dem Stadionparkplatz stand, und riss die Hintertür auf. Auf der Ladefläche saß, zu einem Paket verschnürt, das Maskottchen des *PSC Rocky Beach*.

»Mr Porter hat das Maskottchen gefangen!«, entfuhr es Peter.

Mit Riesenschritten rannte Justus auf Mr Porter zu. »Hallo, Mr Porter!«, rief er ihm entgegen. »Wieso haben Sie das Maskottchen denn in Ihrem Laster verschnürt?«

»Maskottchen?!«, schrie der Gemischtwarenhändler. »Das ist kein Maskottchen! Es sieht vielleicht aus wie ein Maskottchen, aber das ist in Wirklichkeit ein ganz gemeiner und hinterhältiger Dieb. Dieser rote Bär ist in meinen Laden gerannt und hat versucht, mich zu bestehlen. Er hat Artikel aus den Regalen gegriffen, sie in sein Bärenkostüm gesteckt und wollte damit abhauen. Aber ich bin ja nicht blöd, haha!«

»Haben Sie denn nicht erkannt, dass es sich um das Maskottchen unseres Fußballklubs handelt?«, wollte Peter wissen.

Porter schüttelte den Kopf und zuckte gleichzeitig die Schultern. »Das ist mir völlig egal! Ein Dieb ist ein Dieb, da kann er aussehen, wie er will, meinetwegen auch wie Micky Maus oder Donald Duck. Wer klaut, der klaut, und wird von mir in den Knast gesteckt.«

»Ins Gefängnis, meinen Sie«, rief Bob. »Aber

was machen Sie denn dann hier am Fußballstadion?« Mr Porter schnaufte. »Na hört mal, Freunde! Selbstverständlich habe ich hier auf dem Platz für das große Spiel auch einen Verkaufsstand. Und der muss bedient werden. Ich war nur kurz in meinem Laden, um Warennachschub zu holen. Da habe ich doch keine Zeit, Verbrecher zu fangen und sie dann auch noch selbst einzusperren. Nein, nein, nein, das soll schön die Polizei erledigen. Ich habe hier zu arbeiten.« Er wies auf das fest verschnürte Maskottchen. »Die Polizisten haben Glück, dass ich genug Klebeband zur Hand hatte, um dieses Ungetüm zu fesseln. Wenn ich jetzt auch noch ausgeraubt worden wäre, dann hätte die Polizei mir den ganzen Schaden ersetzen müssen. Im Grunde verdiene ich eine Belohnung!«

»Und das Maskottchen ist einfach so bei Ihnen in den Laden spaziert und hat Sie ausgeraubt?«, fragte Peter.

»Das sage ich doch!«, rief Mr Porter aufgebracht.

»Jetzt wird mir einiges klar, Freunde«, flüsterte

Justus. »Das Maskottchen ist deswegen vorhin nach seinen Anschlägen auf die beiden anderen Stände so schnell verschwunden, weil es auf Porters Lastwagen geklettert und mit ihm als blinder Passagier zum Marktplatz gefahren ist. Als Mr Porter Nachschub für seinen Stand hier holen wollte. Und dann hat es dort weitergemacht, wo es hier aufgehört hatte. Mit Ärger!« Justus wandte sich wieder Mr Porter zu. »Wo sind denn die gestohlenen Waren?« Er beugte sich fragend vor.

Mr Porter deutete auf das Maskottchen. »Irgendwo in seinem Kostüm. Aber es rückt nichts heraus.«

»Wieso das denn nicht?«, wollte Bob wissen.

»Ich wollte dem Bären natürlich die Maske vom Kopf reißen«, stöhnte Porter. »Schließlich will man sehen, wen man erwischt hat. Aber nun stellt euch das vor: Dieses komische Maskottchenkostüm ist mit lauter Reißverschlüssen zugemacht, und an jedem der Reißverschlüsse sitzt ein kleines Schloss. Man kann es nicht einfach öffnen!«

»Reißverschlüsse, die mit Schlössern versperrt sind?« Justus Jonas blickte überrascht auf. »Hat man so etwas schon gehört?« Er sah seine Freunde an. »Das bringt mich auf eine Idee ...«

»Das ist ein Irrer!«, rief Porter. Wieder sprang er wie ein Känguru auf und ab und rief dazu: »Wo bleibt denn nur die Polizei? Ich will endlich diesen verfluchten Dieb loswerden. Ich habe keine Zeit, hier auch noch den Gefängniswärter zu spielen.«

Nachdenklich betrachtete Justus das seltsame Maskottchen. Zusammengekauert saß es auf der Ladefläche von Mr Porters Transporter und regte sich nicht. »Hallo?!«, sprach Justus den Unbekann-

ten an. Doch dieser reagierte nicht. Justus beugte sich ein Stück weiter vor und erkannte nun deutlich die vielen kleinen Vorhänge-schlösser, mit denen

die Reißverschlüsse des Bärenkostüms gut gesichert waren.

»Wo sind denn die Schlüssel dazu?«, wandte er sich an Mr Porter. »Das Maskottchen muss doch zumindest einen der Reißverschlüsse geöffnet haben, um die gestohlenen Waren in seinem Kostüm zu verstecken.«

Porter nickte eifrig. »Ja, die Reißverschlüsse waren offen, aber dann hat das Bärenvieh alles wieder zugezogen, abgeschlossen und den Schlüssel durch sein riesiges Maul ins Kostüm geworfen. Es hat wohl gedacht, ich hätte nicht gesehen, was es alles gestohlen hat. Aber für wie dumm hält dieser Bär mich eigentlich?«

»Ja«, wiederholte Justus langsam. »Für wie dumm hält hier eigentlich wer wen? Das ist wirklich eine interessante Frage.«

In diesem Moment kamen zwei Polizisten aus dem Stadion gelaufen. Sofort rannte Porter auf sie zu und erzählte ihnen mit wild rudernden Armen seine Geschichte. Es dauerte nicht lange, und die

Beamten traten mit finsteren Mienen an Porters Transporter heran, schlossen die Türen zur Ladefläche, setzten sich in die Fahrerkabine und ließen den Motor an.

Schnell rannte Justus zu ihnen. »Sir«, fragte er den Uniformierten, der am Steuer saß, »wollen Sie nicht das Kostüm des Bären aufschneiden und sehen, wer darin ist?«

Doch der Polizist schüttelte den Kopf. »Um Himmels willen, Junge«, stieß er hervor. »Wer auch immer in dem Kostüm ist, das ist unser Maskottchen! Es bringt Unglück zu sehen, wer in der Verkleidung steckt! Nein, nein, nein! Wir bringen diesen Verrückten jetzt erst mal auf die Polizeiwache und sperren ihn dort in eine Zelle. Nach dem Spiel kann sich dann Kommissar Reynolds in aller Ruhe um ihn kümmern.«

»Und außerdem«, stieß ihn sein Kollege an, »will ich so schnell wie möglich zurück im Stadion sein, um das Spiel zu sehen.«

Der Polizist am Steuer ließ den Wagen an, und

dann brausten die beiden Beamten mit ihrem seltsamen Gefangenen davon. Die drei ??? sahen sich kopfschüttelnd an. »Der Aberglaube der Fußballspieler ist wirklich total verrückt«, meinte Bob.

»Und Porter hat tatsächlich einen gestandenen Polizisten überwältigt und mit Klebeband gefesselt? Das passt doch gar nicht zu ihm!«, fügte Peter hinzu.

»Ganz genau, Freunde«, nickte Justus. »Warum stiehlt überhaupt jemand auf so eine überaus dämliche Art und Weise? Und was soll die Nummer mit dem verschlossenen Kostüm? Ich glaube, was immer hier vor sich geht, es ist kein Irrer, mit dem wir es zu tun haben. Im Gegenteil! Es sieht für mich eher so aus, als *wollte* das Maskottchen eingesperrt werden.«

»Und wozu soll das gut sein?«, überlegte Peter.

»Das weiß ich auch nicht«, gab Justus zurück. »Aber ich habe da einen Verdacht. Und da das Maskottchen jetzt erst mal ins Gefängnis wandert, schlage ich vor, noch einmal zur Baugrube hinüberzugehen. Das ist nämlich der einzige Ort, an dem das, worüber ich nachdenke, stattgefunden haben könnte.«

Heiße Spur

Diesmal hielt sich Justus Jonas nicht lange am Rand der Baugrube auf. Er winkte seine Freunde zu sich und begann, den sandigen Abhang in die Tiefe zu steigen.

»Vorsicht, Just! Pass bloß auf, dass du nicht abrutschst und ...« Peters Warnruf kam zu spät, denn im selben Moment löste sich unter Justus' etwas zu schwerem Körper ein Sandklumpen, und der Anführer der drei ??? legte die letzten Meter mit ein paar mächtigen Purzelbäumen zurück. Lachend stießen sich Bob und Peter an. »Du siehst aus wie eine Riesenschildkröte, die Gymnastik macht«, rief Peter.

Empört richtete sich Justus wieder auf. »Dafür war ich schneller unten als ihr!« Würdevoll klopfte er sich den Sand aus Kleidung und Haaren.

»Wo soll es denn eigentlich hingehen?« Bob und Peter waren den Abhang vorsichtiger als ihr Freund hinuntergestiegen und sahen sich nun um. »Hoffentlich nicht quer durch die Riesenpfütze.«

Doch Justus schüttelte den Kopf. Dann lief er um die Pfütze herum auf die Bauhütten zu, die dahinter wie eine kleine Westernstadt beieinanderstanden. Als die drei ??? dort ankamen, ging Justus in die Knie und betrachtete aufmerksam den Boden. »Achtet genau auf Fußspuren«, ordnete er an. »Da vorn am Abhang war der Untergrund trockener als hier, deswegen war dort nichts zu sehen. Aber hier ist der Boden feucht, da müssten die Abdrücke sich gehalten haben.«

»Welche Abdrücke denn?« Peter sah sich um.

Doch da zeigte Bob bereits auf eine seltsame Spur. »Seht mal, dort an der Ecke der Hütte, das sieht aus wie eine Schleifspur!«

»Jawohl, das ist es!« Justus richtete sich hoch auf. »Wusste ich es doch.« Er lief auf die Spur zu. Dazu musste er durch den feuchten Sand stapfen, und schon nach wenigen Schritten hatten sich an seinen Füßen schwere Matschklumpen gebildet. »Vorsicht, Just!« Peter trippelte Justus so leichtfüßig hinterher, wie er nur konnte. »Ich habe doch vorhin schon gesagt, dass man hier nicht gut gehen kann. Pass bloß auf, dass dir deine Schuhe nicht im Matsch stecken bleiben. Auf Socken in dieser Brühe zu stehen, ist bestimmt sehr unangenehm.«

Bob kam ebenfalls näher. »Was ist denn das für eine Spur?« Vor den drei ??? zeichnete sich deutlich sichtbar eine grobe Schleifspur ab.

Justus legte einen Finger an die Lippen und deutete auf die nächste Hütte, um welche die Spur herumführte. »Da geht es weiter!«

Die drei ??? schlichen um die Ecke. Vor ihnen führte der Abdruck im Lehmboden auf die Tür der nächsten Bauhütte zu. »Hey, Just?!«, flüsterte

Peter. »Woher wusstest du, dass wir das hier finden?«

»Ich wusste es nicht wirklich«, gab Justus zu. »Ich habe lediglich darüber nachgedacht, wohin ich selbst das Maskottchen gebracht hätte, wenn ich es direkt nach dem Aussteigen aus dem Mannschaftsbus überfallen und entführt hätte. Die Bauhütten waren naheliegend. Und diese Schleifspur scheint meinen Verdacht zu bestätigen. Hier ist tatsächlich jemand entlanggezogen worden.«

Peter schluckte. »Aber wie bist du darauf gekommen, dass das Maskottchen entführt worden sein könnte?«

Justus sah seine Freunde ernst an. »Ich konnte mir nicht vorstellen, dass sich ein Polizist so seltsam aufführt, wie dieses Maskottchen es bisher getan hat. Und darum nehme ich an, dass in dem Maskottchen gar kein Polizeibeamter mehr steckt!«

Bob machte große Augen. »Und du glaubst, dass diese Schleifspur uns zum wahren Träger des Maskottchenkostüms bringt? Und dass er da drin

eingesperrt ist?« Bob deutete auf die Hütte vor ihnen.

Justus nickte. »Und da der Täter im Moment wahrscheinlich selbst in dem Kostüm steckt, dürfte hier niemand sein, der uns gefährlich werden kann.«

»Aber Moment mal, Just«, zischte Peter. »Wenn du mit der Entführungsidee recht hast, können es auch gut zwei oder drei Täter gewesen sein …«

»Das werden wir gleich herausfinden! Im Notfall musst du losrennen und Hilfe holen, Peter. Du bist der Schnellste von uns. Also bleib etwas hinter uns.« Justus setzte sich in Bewegung und schlich auf die Hütte zu. Bob folgte ihm.

»Die Tür ist nur angelehnt«, verkündete Justus, als er sie erreicht hatte. Dann steckte er den Kopf ins Innere. »Volltreffer!«, verkündete er im nächsten Moment. »Und keine Gefahr in Sicht!« Er betrat die Bauhütte. Bob winkte Peter heran und folgte dann Justus.

In dem ansonsten leeren Raum stand ein Mann, der an einen Holzbalken gefesselt war. Seine Hände waren auf dem Rücken mit Handschellen aneinandergekettet. Außerdem war er geknebelt und starrte die drei ??? mit Hilfe suchendem Blick an.

Justus trat zu ihm und befreite den Mann von seinem Knebel. »Sir«, sagte er, »gehe ich richtig in der Annahme, dass Sie der eigentliche Träger des Maskottchenkostüms des *PSC Rocky Beach* sind?«

Der Mann holte tief Luft. »Ja«, stöhnte er. »Irgendjemand hat mir einen Sack über den Kopf geworfen. Dann bin ich einen weichen Abhang runtergerollt worden, und man hat mir mein Kostüm entwendet. Aber ich konnte nicht sehen, wer es war. Man hat mich geknebelt, hier angekettet und mir eine Binde über die Augen gestreift. Aber die konnte ich an dem Balken hier abstreifen!« Er nickte zu einer schwarzen Binde, die vor seinen Füßen auf dem Boden lag. »Ihr müsst unbedingt die Polizei holen, das ist eine Entführung!«

Bob nickte. »Dummerweise können wir Sie nicht befreien, es sei denn, die Schlüssel für die Handschellen sind hier irgendwo im Raum.«

»Nein, ich glaube nicht. Die hat der Entführer bestimmt mitgenommen«, sagte der Mann betrübt.

Justus sah ihn forschend an. »Wissen Sie, wer

Sie entführt hat? Und haben Sie eine Ahnung, warum Sie entführt worden sind?«

Der Polizeibeamte schüttelte den Kopf. »Nicht die leiseste Idee. Ich kann mir das überhaupt nicht erklären. Ich dachte, es ist vielleicht ein blöder

Scherz der Polizisten aus Santa Monica. Aber die hätten mich doch nicht so lange hier stehen lassen. Das ist Freiheitsberaubung!«

»Selbstverständlich holen wir sofort Hilfe«, beruhigte ihn Justus.

In diesem Moment ertönte vom Stadion her Musik, und das laute Jubeln vieler Menschen war zu vernehmen. »Das Spiel hat angefangen!« Bob sah seine Freunde an. »Es ist zu spät, den Kommissar zu holen, er befindet sich jetzt auf dem Spielfeld.«

»Und alle Polizisten von Rocky Beach sehen dem Spiel zu!«, seufzte Peter. »Das wird schwer, einen herzuholen.«

Plötzlich fuhr Justus in die Höhe. »Du hast recht, Peter. Und das bedeutet ...« Der Anführer der drei ??? wandte sich um und rannte aus der Hütte. »Wir schicken Ihnen Hilfe, so schnell es geht«, rief er dem gefesselten Beamten noch einmal zu. »Bob, Peter, kommt mit!« Dann raste er wie ein geölter Blitz über die Baustelle davon.

Peter und Bob folgten Justus, so schnell sie konnten. Sie holten ihn erst ein, als er sich bereits an den Anstieg des sandigen Abhangs machte.

»Just, was ist denn in dich gefahren?«, keuchte Peter. »Warum hast du es auf einmal so eilig? Hast du Angst, das Spiel zu verpassen?«

Justus schüttelte den Kopf. »Nein, Freunde, auf das Spiel werden wir verzichten müssen. Wir müssen sofort zur Polizeiwache.«

»Aber warum denn?«, wollte Bob wissen. »Das Maskottchen sitzt dort doch in der Zelle!«

»Eben!« Justus hielt inne und sah Bob und Peter eindringlich an. »Und genau das ist es, was dieses Maskottchen ganz offenbar wollte! Jetzt wird mir alles klar. Es hat sich extra einsperren lassen, es wollte unbedingt auf der Polizeiwache landen. Darum hat es alles hier umgeworfen. Und deswegen hat es bei Mr Porter so plump gestohlen und sich von ihm ganz leicht überwältigen lassen.«

»*Extra einsperren lassen*?« Peter schüttelte den Kopf. »Das ist doch hirnrissig.«

»Warum, weiß ich auch nicht«, rief Justus. »Aber alle logischen Überlegungen führen zu dieser einen Schlussfolgerung. Irgendetwas will das Maskottchen in der Gefängniszelle, Freunde. Und wir müssen herausfinden, um was es sich da handelt.« Justus hatte das obere Ende des Abhangs erreicht und lief zu seinem Fahrrad, das er neben den Rädern von Peter und Bob angeschlossen hatte.

»Und der arme Beamte da unten in der Hütte?«, erkundigte sich Bob.

Justus nickte. »Der wird sich noch ein bisschen gedulden müssen, denn wenn mich nicht alles täuscht, können wir uns jetzt keinen Abstecher ins Stadion mehr erlauben. Wir haben es brandeilig.«

Polizei in Gefahr

Auf ihren Fahrrädern flitzten die drei ??? in halsbrecherischem Tempo vom Stadion zum Marktplatz von Rocky Beach. Hier war die Polizeiwache, dicht hinter dem Brunnen mit der Statue von Fred Fireman, dem mutigen Feuerwehrmann, der Rocky Beach vor über 100 Jahren vor einer gewaltigen Feuersbrunst gerettet hatte. Nichts wies auf ein außergewöhnliches Vorkommnis hin.

Bob sah sich um. »Die ganze Stadt ist wie ausgestorben«, murmelte er. »So gut wie jeder scheint beim Spiel zu sein.«

»Allerdings«, pflichtete Peter ihm bei. »Es ist totenstill hier.«

»Ja«, stöhnte Justus. »Alles passt zusammen. Kommt, Freunde! Beeilung!«

Ohne weitere Erklärungen sprang er vom Rad, lehnte es an die Hausmauer und betrat das Polizeigebäude. Bob und Peter eilten Justus nach. Eine leise, aufgeregte Stimme war zu hören. Doch zu sehen war niemand. Die drei ??? spähten vorsichtig umher. Doch weder hinter dem hohen Pult, an dem sonst immer ein Beamter stand, noch an einem der dahinter stehenden Schreibtische war jemand zu entdecken.

»Es scheint niemand hier zu sein«, wunderte sich Bob.

»Aber wo kommt dann die Stimme her?« Unbehaglich trat Peter einen Schritt weiter ins Innere und sah sich um.

»Da! Da ist die Quelle!« Justus zeigte auf ein Radio, das in einem Regal stand. Schnell lief er näher. »In dem eingestellten Sender wird das Fußballspiel live übertragen«, verkündete er. »Sieht so aus, als wäre hier ein Beamter, der es sich anhört. Aber wo ist er?«

»Vielleicht auf der Toilette«, meinte Peter.

»Pssst! Leise, Freunde!« Bob war ebenfalls hinter den Empfangstresen gekommen und deutete aufgeregt auf einen Holzstuhl, der hinter dem weiter entfernt stehenden Schreibtisch auf dem

Boden lag. »Meint ihr, der Beamte hatte es so eilig, aufs Klo zu kommen, dass er beim Aufstehen den Stuhl umgeworfen hat?!«

»Bestimmt nicht«, flüsterte Justus zurück. »Hier ist irgendetwas geschehen.«

»Aber vielleicht sind ja wirklich alle Polizisten zum Spiel gegangen?«, merkte Peter zaghaft an.

Doch Justus schüttelte entschieden den Kopf. »Nein, Peter! Mindestens ein Beamter muss hier sein für den Notfall. Das beweist auch das Radio! Und kein vernünftiger Polizist lässt die Wache allein oder wirft seinen Stuhl um!«

Mit ängstlicher Miene blickte Peter sich um. »Ich habe es geahnt. Ausgerechnet, wenn kein Polizist in der Nähe ist, müssen wir in einer leergefegten Stadt auf der Polizeiwache Nachforschungen anstellen.«

Bob nickte. »Und es sieht ganz so aus, als ob dem einzigen Polizisten, der hier geblieben ist, etwas passiert ist!«

»Freunde«, ordnete Justus an. »Irgendetwas geht hier nicht mit rechten Dingen zu. Ich denke, dass jemand, der eigentlich nicht hier sein dürfte, in der Polizeiwache sein Unwesen treibt.«

»Aber bei der lauten Spielübertragung im Radio können wir überhaupt nichts hören!« Peter trat auf das Radio zu und legte den Finger auf den Ausschaltknopf.

In letzter Sekunde hielt Justus ihn zurück. »Mach auf keinen Fall das Radio aus! Wenn derjenige, der für das Chaos hier verantwortlich ist, sich noch hier in der Nähe aufhält, könnte er das hören. Und dann weiß er, dass jemand reingekommen ist.«

»Uff!« Peter wurde bleich. »Daran habe ich nicht gedacht.« Er zog die Hand zurück.

Bob sah seine Freunde an. »Glaubt ihr, das Maskottchen ist wirklich hier eingesperrt, oder könnte es im Gegenteil selbst für die Unordnung verantwortlich sein?«

»Genau das Letztere befürchte ich, Bob.« Justus wies auf ein Schild, auf dem *Zu den Zellen* geschrieben stand. Direkt daneben befand sich eine geschlossene Tür. »Dort müsste das Maskottchen sich in diesem Moment aufhalten, im Zellentrakt.«

»Müsste?«, murmelte Peter. »Aber, Just, es war doch gefesselt. Und zwei Beamte haben es hergebracht. Das haben wir doch mit eigenen Augen gesehen!«

»Aber hast du schon mal so eine merkwürdige Unordnung auf einer Polizeiwache gesehen?«, fragte Justus zurück.

Peter schüttelte den Kopf. »Nein. Das heißt also, wir werden uns jetzt in den Zellentrakt schleichen und dort nach dem Rechten sehen?!«

»Genau«, lächelte Justus Jonas. »Macht euch darauf gefasst, Freunde, dass uns jederzeit ein wild gewordenes Fußballmaskottchen in Form eines roten Bären entgegenstürmen kann. Dann müssen wir sofort handeln.«

»Wie sollen wir denn dann handeln? In dem Ding steckt immerhin ein erwachsener Mann?!« Peter stöhnte.

»Du hast recht!«, erwiderte der Anführer der drei ???. »Hm ...« Er sah sich um. »Gut, ich habe eine Idee. Das Radio kann uns helfen. Wir müssen es nur zum richtigen Zeitpunkt ausschalten oder lauter drehen. Damit können wir Mr Unbekannt hier nach vorn locken.«

»Ja, toll! Und dann?« Peter rümpfte die Nase. »Das ist noch kein ausgereifter Plan, Just.«

»Stimmt«, gab Justus zu. »Aber alles Weitere hängt davon ab, wo sich der Täter — wenn er überhaupt noch im Gebäude ist — gerade aufhält. Und davon wiederum hängt ab, ob wir ihn überhaupt hier nach vorn locken wollen. Das müssen wir

zuerst herausfinden. Und da hilft nur eines! Vorwärts!« Vorsichtig zog er die Tür auf, die in den Gang zum Zellentrakt führte.

Mit angehaltenem Atem spähten die drei ??? durch den Spalt. An der linken Seite lagen hintereinander drei schmale Gefängniszellen. Die vorderen beiden waren leer. In der hintersten Zelle aber konnten die drei ??? einen Mann in einer Polizeiuniform ausmachen, der gefesselt und geknebelt auf dem Boden lag.

»Uiuiui«, murmelte Peter. »Das sieht aus wie ein gefesselter Polizist. Das ist schon der zweite heute. Wir haben es mit einem Polizisten-Überwinder zu tun. Das macht die Sache nicht leichter ...«

Doch in diesem Moment lächelte Justus und deutete auf eine Tür, die am anderen Ende des Ganges ein kleines Stück offen stand. »Seht mal, Freunde«, raunte er. »Dahinten geht es ins Archiv des Polizeireviers.«

»Stimmt«, meinte Bob. »Da hebt Reynolds sämtliche Beweismittel und Akten auf. Aber normalerweise ist diese Tür verschlossen!«

»Und jetzt steht sie offen«, flüsterte Justus. »Wie auch immer es dem Gangster gelungen ist, aus der Zelle zu flüchten und den Polizisten gefangen zu nehmen, ich vermute, er befindet sich dort hinten im Archiv und sucht nach irgendetwas.«

»Das könnte überhaupt der Grund sein, warum

er sich in die Polizeiwache hat einschleusen lassen«, vermutete Bob aufgeregt. »Er will vielleicht irgendein Beweismittel stehlen oder vernichten?«

»Oh nein!«, stöhnte Peter. »Das bedeutet aber auch, dass wir den Polizisten nicht aus der Zelle befreien können. Wenn der Gauner noch hier ist, könnte er uns hören und angreifen. Das ist zu gefährlich. Und das heißt wiederum, dass uns der Polizist auch nicht helfen kann.«

Justus nickte. »Richtig, Peter. Aber dafür habe ich jetzt eine Lösung. Nämlich Teil zwei des Plans: Die Gaunerfalle!« Der Anführer der drei ??? deutete auf ein grünes Leuchtschild, das rechts im Flur über einer Tür angebracht war. »Die Toilette«, flüsterte er. »Das ist die Lösung!«

»Das Klo?«, fragte Peter verwirrt.

»Ja«, gab Justus zurück. »Aber lasst uns zuerst leise zur Archivtür schleichen, um zu sehen, mit wem wir es hier eigentlich zu tun haben. Und anschließend kümmern wir uns um die Falle.«

Überraschung!

»Das finde ich keine so gute Idee, Just!«, murmelte Peter. »Der Gangster könnte uns bemerken. Und dann tappen wir womöglich selbst in eine Falle. Wollen wir nicht lieber erst unsere Falle bauen und dann nachsehen?«

Aber Justus ließ sich nicht aufhalten. Obwohl der etwas tapsige Junge manchmal wie ein dicker Bär wirkte, bewegte er sich leise wie ein Panther auf die angelehnte Tür am Ende des Ganges zu. Justus Jonas beherrschte die Kunst des Anschleichens perfekt. Peter und Bob hatten Mühe, ihrem Freund genauso leise zu folgen.

Als die drei ??? an dem gefesselten Beamten vorbeihuschten, legte Justus den Finger auf den Mund und bedeutete ihm zu schweigen. Gehorsam nickte der Gefangene. Dann blickten die drei ??? gemeinsam durch den schmalen Türspalt in das Archiv der Polizeiwache.

Zu ihrer großen Überraschung standen dort

zwei Männer vor einigen aufgezogenen Schubladen der Karteischränke und durchwühlten hastig
die Akten. »Irgendwo muss das verfluchte Ding
doch sein«, stöhnte der eine der beiden. Er steckte
bis zum Hals im Bärenkostüm, das Kopfteil hatte
er auf einem der Schränke abgelegt. Das Gesicht
des kleinen Mannes war deutlich zu erkennen. Er
hatte Segelohren und dunkles Haar, das ihm wild
vom Kopf abstand. »Puh, in diesem Kostüm ist es
wirklich verdammt heiß. Es war eine Tortur, die
ganze Aktion durchzuführen. Das habe ich alles
nur für dich getan, mein lieber McHenry.«

Der Angesprochene warf seinem Kumpan einen ungnädigen Blick zu. »Dafür bekommst du ja auch die Hälfte der Beute, wenn wir hier raus sind. Also stell dich nicht so an und such weiter. Wir müssen meine Akte finden, denn dieser blöde Reynolds hat meine Fingerabdrücke. Und die müssen für immer aus dieser Polizeiwache verschwinden, sonst identifizieren sie mich beim nächsten Trickbetrug.«

Der kleine Mann grinste hämisch. »Wie sind dir die Bullen überhaupt auf die Schliche gekommen? Du bist doch sonst so clever.«

»Reynolds ist klüger, als er aussieht«, gab McHenry zu. »Er hat irgendwie mitgekriegt, dass ich falsche Wetten auf das heutige Fußballspiel angenommen habe und nie vorhatte, den Leuten ihren möglichen Gewinn auszuzahlen. Ich dachte, so ein kleines Polizistenmatch sei eine sichere Sache für einen lukrativen Wettbetrug. Aber dieser Reynolds hat Lunte gerochen. Er hat mich erwischt, als ich einem Barbesitzer namens Norris eine ziemlich hohe Wette angeboten habe. Dabei ist dieser

Norris selbst ein alter Gauner, er hat nämlich versucht, mir den doppelten Gewinn abzuschwatzen.« McHenry grinste schäbig. »Den habe ich ihm natürlich dann auch angeboten, schließlich hätte er ihn ja sowieso nie gesehen!«

Der kleine Mann mit den abstehenden Ohren lachte. »Der alte Gauner bist wohl eher du. Seit Jahren betreibst du deine Wettbetrügereien.«

McHenry fiel in das Lachen ein. »Und bisher habe ich damit immer Erfolg gehabt. Immerhin habe ich allein in Rocky Beach fast 10 000 Dollar ergaunert und zum Glück gut versteckt.« Er hielt plötzlich inne und lauschte. Schnell zogen die drei ??? die Köpfe zurück. Durch den Flur klang leise, aber deutlich das Radio. »Immer noch steht es null zu null«, verkündete der Reporter. »Und jetzt geht es schon bald auf die Halbzeit zu!«

McHenry schnaufte. »Null zu null, so ein Schrottspiel. Lahme Enten gegen fette Bullen! Haha!« Er beugte sich wieder über den Karteischrank. »Und jetzt lass uns weitersuchen, wir müssen hier raus sein, bevor das Spiel zu Ende ist. Danach nehmen die Polizisten ihre Wache wieder in Beschlag, und dann will ich nicht mehr vor Ort sein.«

Der kleine Mann kicherte. »Das werden wir wohl schaffen. Wenn wir nur wüssten, wie diese ganzen Akten geordnet sind. Ich dachte ja, das wäre alphabetisch nach Namen. Aber hier gibt es die Kategorien *Gelöste Fälle*, *Fälle in Bearbeitung*, *Raub*, *Diebstahl*, *Erpressung*, *Kleinganoven* ... nur *Trickbetrug* habe ich noch nicht gefunden.« Er schüttelte den Kopf und blätterte weiter.

Justus Jonas gab seinen beiden Freunden ein Zeichen und winkte sie durch den Flur in den Waschraum, der den Zellen gegenüberlag. Aus seiner Zelle beobachtete sie der gefesselte Polizeibeamte. Bob lächelte ihm ermutigend zu. Dann betraten die drei ??? den Toilettenraum. Justus schloss vorsichtig die Tür hinter ihnen.

»Jetzt ist alles klar«, verkündete Peter. »Der mit den abstehenden Ohren hat sich hier einschmuggeln lassen, um seinen Kumpan zu befreien.«

»Der hier wegen Trickbetrugs eingesperrt war«, nickte Justus. »Und die beiden haben es geschafft, den wachhabenden Beamten zu überwältigen.« Justus sah seine Freunde an. »Jetzt ist es an uns, die beiden Gangster zu fangen.«

»Und wie willst du das machen?« Peter blickte zur Tür. »Wenn die uns hier entdecken, sind wir dran. Und ausgerechnet jetzt befinden sich alle Polizisten im Fußballstadion von Rocky Beach.«

»Ja, und da rennen sie wie die Wilden auf und ab und jagen einem Ball hinterher. Aber genau das bringt mich auf eine Idee.« Strahlend sah Justus Jonas seine beiden Freunde an. »Könnt ihr euch vorstellen, wie es auf einem Fußballplatz nach einem schweren Regen zugeht? Wenn alle nur noch durch den Matsch patschen?«

Peter nickte. »Ja, klar! Da rutschen und schlittern alle nur herum.«

»Genau«, grinste Justus Jonas. »Und genauso werden wir jetzt diese beiden Gangster durch die Polizeiwache schlittern lassen!«

Tooor!

Justus wies auf die großen Seifenspender, die zu beiden Seiten des Waschbeckens hingen. »Das sind unsere Hilfsmittel, damit werden wir die Falle bauen!«

»Die Seifenspender?« Bob überlegte, dann leuchteten seine Augen auf. »Ja, klar! In diesen Dingern ist Flüssigseife, und Flüssigseife auf dem Linoleumboden des Ganges da draußen ...«

»... wird zum besten Schmiermittel aller Zeiten!«, folgerte Peter. »Super, das ist wie Öl auf der Fahrbahn! Eine geniale Idee!«

Justus nickte zustimmend. »Ich hoffe, dass wir die Gangster mit diesem Trick reinlegen können.«

Vorsichtig leerten die Freunde die Seifenspender und verteilten die weißlich schimmernde Masse anschließend im letzten Drittel des Korridors, direkt vor der Tür, die zum Hauptraum der Polizeiwache führte. Der gefesselte Polizist sah ihnen mit großen Augen dabei zu. Dann zogen sich die drei

??? in den Hauptraum zurück. Im Radio verkündete die Stimme des Reporters gerade: »Weiterhin steht es null zu null. Doch in den letzten Minuten drängen die stärker werdenden *Santa Monica Blues* mit Vehemenz auf das Führungstor.«

Justus nickte in Richtung Radio. »Peter, du legst dich hinter dem Tresen auf die Lauer und drehst das Radio auf mein Zeichen hin auf volle Lautstärke.« Er schwieg für einen Moment und sah sich in

101

der Wache um. Dann trat er auf den nächstgelegenen Schreibtisch zu. Eilig zog er die Schubladen auf und fand dort, was er suchte. Er zog zwei Paar Handschellen hervor, in deren Schlössern die Schlüssel steckten. Eines der beiden Paare reichte er Bob. »Bob, sobald die Gangster hier durch die Tür geschlittert kommen, legen wir ihnen diese Handschellen an.« Der Anführer der drei ??? griff in seine Hosentasche und holte die Niespulvertütchen heraus, die sie auf dem Parkplatz des Fußballstadions gefunden hatten. »Zwei der Tüten sind noch verschlossen, da haben wir Glück«, erklärte er. »Das Niespulver wird uns jetzt sehr nützlich sein. Haltet euch die Nasen zu, Freunde!«

Peter und Bob befolgten die Anweisung, und Justus öffnete die Tüten und streute das Niespulver vorsichtig rund um die Tür aus, die den Hauptraum der Wache mit dem Korridor verband. Dann riss er die Tür weit auf und nickte seinen Freunden zu. »Jetzt kommt der schwierigste Teil der Aufgabe. Ich muss mich von den Gangstern sehen lassen.

Denn ohne Lockvogel werden sie nie schnell genug durch den Flur rennen, um auch wirklich auf der Seife auszurutschen. Der Plan geht so: Peter, mit dem lauten Radio lockst du sie aus dem Archiv. Dann zeige ich mich, und sie rennen los, um mich zu erwischen. Wenn alles gut geht, und das wird es, rutschen sie auf der Seife aus und kommen ins Schleudern. Bremsen können sie dann nicht mehr. Bob, du stellst dich hinter die Tür, und sobald die beiden hier reinschleudern, schlägst du die Tür zu, und sie stoßen sich die Köpfe und sind benommen. Außerdem müssen sie niesen. Diese Verwirrung sollte reichen, um sie fesseln zu können. Sobald die Gauner hier auf dem Boden liegen, müssen wir sie in Sekunden überwältigt haben. Du legst eine Handschelle an den rechten Arm des Maskottchens und die andere an den linken des anderen Gauners, Bob. Ich mache es genau andersherum.«

»Aber wir müssen sie auch irgendwo festketten«, flüsterte Peter. »Sonst laufen sie uns weg.«

Justus hielt inne. »Das ist eine gute Idee!« Er

Im selben Moment drehte Peter den Laut-
stärkeregler voll in die Höhe. Die Stimme des Ra-
dioreporters ertönte wie ein lauter Trompeten-
stoß: »... und wieder sind die *Santa Monica Blues*
im Angriff! Inzwischen werden sie ihrer Favoriten-
rolle immer gerechter. Ja, jetzt passt Arjen Walross
mit seinem guten linken Fuß in die Mitte auf Marty
Kommess und —« Der Reporter stöhnte auf. »Kommess vollstreckt zum eins zu null. Tooor! Tor für
die *Blues*! Rocky Beach liegt zur Halbzeit hinten!«
Der Torschrei des Reporters erfüllte die Polizei-

wache in voller Lautstärke. Im selben Moment begann Justus, auf dem Tresen zu tanzen.

»Toooor!«, brüllte er aus voller Kraft. »Toooor! Toooor! Toooor!«

»Aber Justus, du jubelst für die Gegner«, rief Peter entsetzt.

Doch sein Freund schüttelte den Kopf. »Ich jubele nur, damit die Gangster mich sehen. Und jetzt duck dich, Peter!«

Im selben Moment wurde am Ende des Flurs die Tür des Archivs aufgerissen. Die beiden Gauner streckten die Köpfe heraus und starrten Justus mit großen Augen an. Schnell drehte dieser sich einmal um die eigene Achse, hob die Arme und brüllte erneut: »Toooor!«

In der Falle

Der kleine Mann im Bärenkostüm stieß seinen Partner an. »Da ist ein Kind!«, fauchte er.

»Ja, ein dicker Junge!«, gab McHenry zurück. »Warum tanzt er auf dem Tresen? Was soll das?«

Der kleine Mann stöhnte. »Sieht aus wie ein durchgeknallter Fußballfan. Aber das ist egal! Was immer der Dicke hier macht, wir müssen ihn schnappen. Wenn er uns bemerkt, kann er uns verraten.«

»Ja«, sagte McHenry. In der Hand hielt er einen kleinen Aktenordner. Immer noch mit den Armen wedelnd, sah Justus auf die Mappe. Er drehte den Gangstern den Rücken zu und raunte Peter und Bob zu: »Freunde, ich glaube, die beiden haben gefunden, was sie suchten. Jetzt kommt es darauf an! Sie dürfen auf keinen Fall entkommen.« Justus drehte sich wie ein aufgezogener Brummkreisel und brüllte aus Leibeskräften: »Tor! Tor! Tor! Santa Monica vor, noch ein Tor!«

In dem Moment setzten sich die beiden Gangster auch schon in Bewegung. Der kleine Mann stürmte als Erster auf Justus zu. Sein Kumpan folgte ihm dicht auf dem Fuß. Justus wandte ihnen das Gesicht zu und tat dann so, als bemerke er die beiden erst jetzt. »Hey!«, brüllte er dazu. »Sie sind doch das Maskottchen des *PSC*. Was machen Sie denn hier auf der Wache?! Sie müssen doch ins Stadion, um ihre Niederlage zu beweinen!«

Der vorauseilende kleine Gauner grinste breit. »Weinen wird hier nur einer, Dickerchen, und das bist du!« Er breitete die Arme aus und wollte sich mit einem gewaltigen Sprung auf Justus stürzen, als er mit den Füßen auf den Teil des Flures geriet, den die drei ??? mit der Flüssigseife bestrichen hatten. Im nächsten Moment ruderte der Gauner wild mit den Armen und rutschte wie eine Kuh, die aufs Glatteis geraten ist, auf Justus zu. McHenry, der ihm unmittelbar folgte, erging es kein bisschen besser. »Uaahhh!«, brüllten die beiden Gauner wie aus einem Mund. Dann schlitterten sie auch schon auf die Tür zu, und Justus gab Bob ein Zeichen. *Boom!* Bob stieß die Tür zu, und das Maskottchen und McHenry knallten mit den Köpfen gegen das Holz. Die beiden landeten auf dem Boden und holten vor Schreck tief Luft. Dabei atmeten sie das Niespulver ein, das Justus verstreut hatte. Im nächsten Augenblick begann ein Nieskonzert, wie es die drei ??? in ihrem Leben noch nie gehört hatten: *»Hatschi, Haaaaatschiii, Hat-*

schieeeee, umpf, umpf, uuhuuumpf ... Haaaaat-
schieeeee ...«

»Los!«, rief Justus, und Bob und er stürzten sich auf die Gauner. Sie wollten ihnen eben die Handschellen anlegen, als Bob vor Schreck erstarrte. »Die Handschellen sind zu klein!«, keuchte er. »Sie passen nicht um das Handgelenk des Mannes. Der Stoff des Bärenkostüms ist viel zu dick.« Er bemühte sich vergeblich, die Handschellen zuschnappen zu lassen.

»Und der behauptet von mir, *ich* sei dick!«, stöhnte Justus. »Dabei bin ich gar nicht dick, nur ein bisschen kräftiger gebaut als andere.«

»Mach jetzt keine Witze, Just«, flehte Bob. »Sag mir lieber, was wir tun sollen!«

»Peter!«, rief Justus gellend. »Komm her und hilf uns, die Handschellen zuzumachen. Sie sind zu schmal, wir müssen richtig fest drücken, zu dritt, volle Pulle!«

»Alles klar!« Mit einem Satz flankte Peter über den Tresen und landete direkt auf dem Bauch des Maskottchens. »Ummpfff«, stöhnte der kleine Mann. Doch Peter kümmerte sich nicht darum. Er beugte sich hastig zu Justus und Bob, und gemeinsam drückten die drei ??? die Handschellen um das Handgelenk des Bären. *Klick!* Mit einem leisen Schnappgeräusch rastete der erste Zahn der Handschelle ein. Jetzt saß sie sicher am Handgelenk des Mannes.

Mit vereinten Kräften verfuhren Justus, Peter und Bob genauso mit der zweiten Handschelle.

Und im nächsten Augenblick lagen die beiden Gauner auf dem Bauch, während ihre Arme um den großen Schreibtisch geschlungen waren. Es war unmöglich, dass sie jetzt noch entkommen konnten.

»Geschafft!«, jubelte Peter und sah seine Freunde freudestrahlend an.

Justus nickte erleichtert. Dann nahm er die Aktenmappe an sich, die McHenry beim Sturz verloren hatte. Aufmerksam flogen Justus' Augen über die Aufschrift auf der Außenseite: »*Wettbetrug/Sportwetten*«, las er vor. »Unter diesem Schlagwort hatte der Kommissar McHenry also eingeordnet. Gut, dass diese Kategorie mit dem Buchstaben W anfängt, also fast am Ende des Alphabets, da mussten die beiden lange suchen.« Justus wandte sich den Gaunern zu. »Wie ist es Ihnen denn gelungen, den Beamten zu überwältigen und aus der Zelle zu entkommen?«

»Was geht dich das an?«, fauchte McHenry, der allmählich seine Sprache wiederfand.

»Da wir diesen Fall aufgeklärt haben oder zumindest kurz davorstehen«, gab Justus gelassen zurück, »geht uns das eine Menge an. Aber wenn Sie nicht reden wollen ...«

»Natürlich will ich das nicht«, schrie McHenry wütend. »Du bist doch nur ein Kind!«

»Dann werde ich die Klärung des Geschehens eben übernehmen«, lächelte Justus. »Sie sind ...«, er warf einen Blick in die Akte, »John McHenry und haben in mehr als 47 Fällen professionellen Wettbetrug betrieben. Sie wurden vorgestern von Kommissar Reynolds in Haft genommen, und Ihr Prozess steht kurz bevor.«

»Na und?«, knurrte der Betrüger.

»Das ist ganz und gar nicht gleichgültig«, widersprach Justus. »Sie waren hier eingesperrt, Sie waren bereits überführt, und Sie wussten selbst, dass Sie schuldig sind. Deswegen wollten Sie offensichtlich fliehen. Ihr Kollege hier sollte Sie während des Fußballturniers befreien. Wir wissen, dass er sich extra hat festnehmen lassen, um in

den Zellentrakt der Wache zu gelangen. Dann haben Sie sich aus den Zellen befreit. Aber wie ...«
Justus schwieg unvermittelt. Dann trat er dicht an den kleinen Mann im Maskottchenkostüm heran und begann, ihn sorgfältig abzutasten. Ein leises metallisches Klirren war zu hören.

Peter und Bob sahen auf. »Was ist das, Just?«

In Justus Jonas' Gesicht breitete sich ein zufriedenes Lächeln aus. »Es war leicht!«, rief er. »Im Bärenkostüm ließ sich das Ausbruchswerkzeug ganz einfach verstecken. Und da die Beamten, die das Maskottchen auf die Wache gebracht haben, dachten, es handle sich bei der Beute ausschließ-

lich um die bei Mr Porter gestohlenen Waren, haben sie nicht nach anderen Gegenständen gesucht. Zumal der Aberglaube ihnen verbot, das Kostüm aufzuschneiden und nachzusehen, wer darin steckt. Dann haben Sie beide die Zelle von innen aufgeschlossen, den Beamten überwältigt und sich anschließend an die Durchsuchung des Archivs gemacht.« Justus hielt die Akte hoch. »Und die hier wollten Sie mitnehmen und verschwinden lassen, weil sich darin McHenrys Fingerabdrücke befinden. Jetzt fehlt nur noch die Beute. Aber das Versteck werden Sie dem Kommissar sicher gerne verraten, wenn er wieder hier ist. Dann kommen Sie vielleicht nicht ganz so lange ins Gefängnis.«

McHenry verzog mürrisch das Gesicht. Dann nieste er. *Haaatschiee.*

Justus Jonas lächelte. »Das klingt für mich wie ein Ja.«

»Ich sage gar nichts«, murrte der Betrüger.

Der kleine Mann im Bärenkostüm schnaufte. »McHenry, es hat keinen Sinn. Das Dickerchen ist uns über. Und wenn du das Versteck nicht verrätst, dann helfe ich dir nie wieder. Ich gehe doch wegen deiner Sturheit nicht länger als nötig in den Knast. Es ist sowieso schon peinlich genug! Von drei Kindern in die Falle gelockt zu werden. Mit Niespulver ausgeschaltet. Findet ihr euer Verhalten nicht unfair, Jungs?«

»Nein«, sagte Bob. »Es war schlau, aber nicht unfair. Unfair war dagegen, was Sie mit dem *PSC Rocky Beach* angestellt haben. Sie haben den Fußballern das Maskottchen weggenommen und damit die Chancen auf den Sieg geschmälert. Fußballer sind sehr abergläubisch, Sie haben unserer Mannschaft einen herben Schlag versetzt.«

Der kleine Gangster lachte auf. »Was kümmert mich eine dumme Fußballmannschaft? Ich hätte dafür die Hälfte der Beute bekommen.«

»Tja«, murmelte Justus. »Aber dieser Plan ist eindeutig schiefgegangen.«

Er sah zum Radio hinüber. Inzwischen lief bereits die zweite Halbzeit, und der Reporter verkündete: »Es sieht schlecht aus für Rocky Beach. Das Tor scheint die Mannschaft entmutigt zu haben. Fast wirkt es, als hätten sich die tapferen Männer bereits mit ihrer Niederlage abgefunden. Bewahrheitet sich heute einmal mehr der alte Aberglaube, dass eine Mannschaft ohne Maskottchen nicht gewinnen kann?«

Justus schüttelte energisch den Kopf. »Dieser Fall ist noch nicht zu Ende, Freunde ...« Er wandte sich Peter und Bob zu. »Kommt! Befreien wir den Beamten aus der Zelle. Er kann sich um die beiden Gauner hier kümmern und auch dafür sorgen, dass sein Kollege aus der Bauhütte befreit wird. Und dann schnappen wir uns das Kostüm des Maskottchens und machen uns sofort auf den Weg ins Stadion. Es steht eins zu null für die *Santa Monica Blues*. Lasst uns hoffen, dass wir Kommissar Reynolds und seinen Kollegen noch etwas Mut für den Rest der zweiten Halbzeit machen können.«

Reynolds im Glück

In Windeseile befreiten die drei ??? den wachhabenden Beamten, und dieser kümmerte sich darum, dass die beiden Gauner ausbruchssicher eingesperrt wurden. Dazu knackten die Freunde mit einer großen Kneifzange die Schlösser am Kostüm. Tatsächlich fanden sie darin neben Porters Waren auch die Ausbruchswerkzeuge. Dann nahmen Justus, Peter und Bob das Bärenkostüm an sich.

Peter betrachtete es. »Tja«, sagte er mit einem breiten Grinsen zu Justus. »Da wirst *du* wohl reinsteigen müssen. Für Bob und mich ist das Ding eindeutig zu groß, auch wenn du natürlich nur kräftig gebaut und kein bisschen pummelig bist, Just!«

Der Anführer der Detektive zuckte die Schultern. »Natürlich habe ich überhaupt nichts dagegen, in dieses schöne Kostüm zu schlüpfen. Denn das wird es mir ermöglichen, dem Kommissar ein paar wichtige Mitteilungen zu machen, ohne dabei aufzufallen!«

Eine Viertelstunde später waren die drei ??? auf ihren Rädern wieder vor dem Stadion angelangt. In seinem Bärenkostüm schwitzte Justus gewaltig, aber er ließ sich nichts anmerken. Die Freunde stellten ihre Fahrräder ab und rannten ins Stadion. Auf der großen Anzeigetafel sahen sie sofort, dass der *PSC* immer noch mit null zu eins zurücklag. Es waren nur noch wenige Minuten zu spielen.

»Jetzt müssen wir dem Kommissar und seinen Männern Mut machen, Freunde!«, sagte Justus. »Drückt mir die Daumen!«

Mit großen Sprüngen hüpfte Justus als Maskottchen des *PSC Rocky Beach* an den Seitenrand des Spielfelds. Dabei drehte er sich immer wieder um die eigene Achse und forderte mit wilden Armbewegungen das Publikum dazu auf, den *PSC* anzufeuern. Das Publikum brach in Jubel aus. Justus wandte sich dem Rasen zu und winkte dem Kommissar, der mit hängenden Schultern an der Seitenlinie entlangtrottete.

»Kommissar Reynolds!«, brüllte Justus.

Kommissar Reynolds hob den Kopf und kam erschöpft an den Spielfeldrand gelaufen. »Bist du das, Justus Jonas?«, fragte er verwundert.

»Ja!«, rief Justus. »Wir haben den Fall geklärt. Es war nicht Ihr Kollege, der versucht hat, Mr Porter auszurauben. Das Ganze hat einen anderen Hintergrund. Aber das erkläre ich Ihnen später. Es ist alles in bester Ordnung! Ich bin hier, um Sie anzufeuern. Schießen Sie noch ein Tor!«

Kommissar Reynolds wackelte müde mit dem

Kopf. »Das sind wirklich gute Nachrichten, aber ich bin am Ende meiner Kräfte. Ich gebe schon die ganze Zeit mein Bestes, aber die Abwehrgiganten von den *Santa Monica Blues* sind wirklich sehr gut.«

»Man darf die Hoffnung nie aufgeben, Kommissar!«, rief Justus. »Sagen Sie Ihren Mannschaftskollegen, dass Ihr Kollege unschuldig ist! Das wird allen noch einmal neue Kraft verleihen!«

»Reynolds, nun kommen Sie endlich!«, rief in diesem Moment der Trainer des *PSC*. »Wir haben noch eine Ecke rausgeholt. Mann, setzen Sie sich in Bewegung!« Er deutete auf den blonden Spieler mit den ungewaschenen Socken. »Eckham, du schießt die Ecke. Das ist deine Stärke!«

Kommissar Reynolds riss sich zusammen. Er straffte energisch die Schultern und setzte sich in Richtung gegnerisches Tor in Bewegung. Es war die 85. Minute des Spiels.

»Kollegen, es war nicht unser Mann«, rief Reynolds seinen Mannschaftskameraden zu. »Er ist unschuldig.« In den Gesichtern der Spieler des *PSC* leuchtete Hoffnung auf. »Und unser Maskottchen ist auch wieder da!«, riefen sie sich freudig zu. Dann trat Eckham zur Ecke an.

Reynolds rannte, so schnell er konnte, auf das gegnerische Tor zu. Doch noch bevor der Kommissar seine Mittelstürmerposition erreicht hatte, schoss Eckham den Ball in den Strafraum. Das Spielgerät flog über Freund und Feind hinweg. Dann erwischte ein Abwehrspieler der *Santa Monica Blues* den Ball und schoss ihn aus dem Strafraum.

Und dann passierte ein Wunder. Der Ball flog genau auf Reynolds zu, der immer noch aufs Tor zurannte. Er landete außerhalb des Strafraums genau vor seinen Füßen. Der Kommissar stolperte und erwischte dabei den Ball so glücklich mit der Pike, dass dieser durch die Beine sämtlicher Abwehrspieler in die linke untere Ecke des Tors flog.

Toooor!

Der Torwart der *Santa Monica Blues* sank auf

die Knie, während sämtliche Spieler des *PSC* auf Reynolds zurannten und ihn stürmisch umarmten. Auch von der Bank sprangen alle Ersatzspieler auf und liefen einmal quer über das Feld. Dazu ertönte der Pfiff des glatzköpfigen Schiedsrichters: eins zu eins. Kommissar Reynolds fasste sich verwundert an den Kopf. Dann riss er die Arme hoch und brüllte vor Glück.

»Das darf doch nicht wahr sein!«, rief der Trainer der *Santa Monica Blues*. Seine Spieler liefen zum Anstoß in den Mittelkreis. »Gleich ist die Spielzeit herum!«, rief der Trainer ihnen zu. »Los, macht noch ein Tor. Ihr könnt das!«

Doch kaum hatten die *Santa Monica Blues* den Ball angespielt, stürmten die Polizisten von Rocky Beach dazwischen und eroberten ihn sich. Der Abwehrrecke Hilgar Herdzimmer katapultierte das Spielgerät nach vorn, und die vom Ausgleichstor immer noch geschockten *Santa Monica Blues* konnten nur zu einer erneuten Ecke von der linken Seite klären.

Wieder lief Eckham zum Eckball. Und diesmal waren die Spieler des *Police Soccerclub Rocky Beach* hellwach. Als der Ball scharf getreten in den Strafraum segelte, köpfte ihn der lange Steven Schießling genau in Richtung Reynolds, der sich am hinteren Pfosten postiert hatte. Und Reynolds tat etwas, was niemand ihm zugetraut hätte. Er holte mit dem rechten Bein aus und wollte den Ball mit voller Wucht ins Tor schießen. Der Torwart der *Santa Monica Blues* stürzte auf Reynolds zu. Doch anstatt den Ball vollspann zu treffen, trat der Kommissar in den Rasen. Das Fanpublikum von Rocky Beach stöhnte verzweifelt auf. Im selben Augenblick traf der Kommissar den Ball jedoch ganz sanft mit der Fußspitze. Und plötzlich hob sich dieser wie eine Feder in die Luft und segelte in hohem Bogen über den Kopf des Torwarts der *Santa Monica Blues* hinweg.

»Das *Löffelchen*!«, rief Peter am Spielfeldrand und schlug Bob auf die Schulter. »Das war ein perfektes *Löffelchen*!«

Kommissar Reynolds konnte kaum fassen, was ihm gerade gelungen war. Er riss die Arme hoch und sprang wie ein Gummiball in die Luft. »Toooor!«, jubelte er. »Tor, Tor, Tor!«

Und das war es. Der glatzköpfige Schiedsrichter gab das Tor und pfiff das Spiel danach ab.

»Wir sind im Finale!«, rief Kommissar Reynolds. »Wir sind im Finale!«, jubelten Justus, Peter und Bob.

»Unser Maskottchen ist zurück! Es hat uns Glück gebracht! Wir haben gewonnen!« Die Spieler des *PSC* umringten Justus Jonas in seinem Kostüm, packten ihn und warfen ihn immer wieder in die Luft. Dazu sangen sie lauthals: »Finale, Finale! Wir fahren zum Finale!«

Durch die große Schnauze des Bärenkostüms lugte Justus Jonas hervor. Freudestrahlend sah er Peter und Bob an, die ihm begeistert zuwinkten. »Danke, Jungs!«, schnaufte Reynolds. »Ihr habt uns gerettet. Und im Finale seid ihr auf jeden Fall dabei, als Auflaufkinder und Balljungen, das verspreche ich euch!« Die drei ??? sahen sich an und jubelten: »Finale! Finale! Wir fahren zum Finale!«

BORIS PFEIFFER ist 1964, im selben Jahr wie *Die drei ???* geboren. Er arbeitete zunächst als Theaterregisseur und studierte Drehbuch schreiben. 2003 erschien sein erstes Kinderbuch. Neben zahlreichen *Die drei ??? Kids*-Bänden hat er *Unsichtbar und trotzdem da!*, *Die Akademie der Abenteuer*, *Das Wilde Pack* und einige Jugendromane geschrieben. Seine Bücher sind bislang in acht Sprachen übersetzt. Seit 2012 gibt es in Eberswalde die *Boris-Pfeiffer-Schulbibliothek*. Zusammen mit den Kids-Clubs der Deutschen Fußballbundesliga, der Stiftung-Fairchance und den Berliner Schulpaten setzt er sich für die Verbesserung der Lesefähigkeiten von Kindern ein. Mehr über Boris Pfeiffer findest du unter **borispfeiffer.de**

HARALD JUCH illustriert seit 2005 im *Die drei ??? Kids*-Team. Daneben hat er auch für andere bekannte Reihen gezeichnet, z. B. Benjamin Blümchen, Werner, Bibi Blocksberg, Lilibiggs und Hui Buh, das Schlossgespenst. Wenn du mehr über Harald Juch erfahren möchtest, schau doch mal auf seiner Website nach: **haraldjuch.de**

Die drei ??? Kids ... ihre großen Fälle!

Jeder Band €/D 7,95
* als E-Book erhältlich
⁺ €/D 9,99

Die drei ??? Kids — Gespensterjagd

☒ Panik im Paradies
☐ Radio Rocky Beach
☐ Invasion der Fliegen
☐ Chaos vor der Kamera
☒ Flucht in die Zukunft
☐ Gefahr im Gruselgarten
☐ Gruft der Piraten
☐ Nacht unter Wölfen
☐ SOS über den Wolken
☐ Spuk in Rocky Beach
☐ Gefahr aus dem All
☐ Im Bann des Zauberers
☐ In letzter Sekunde
Jumboband
☐ Fußball-Alarm
☐ Die Schokofalle
☐ Im Geisterschiff*
☐ Rückkehr der Saurier*
☐ Nacht im Kerker*
☐ Falsches Gold*
☐ Im Wilden Westen*
☐ Mission Mars*
☐ Der Fluch der Indianer*
☐ Stunde der Wahrheit*
☐ Der verrückte Erfinder*
☐ Brennendes Eis*

Die drei ??? Kids — Alarm im Dino-Park

Die drei ??? Kids — Gefahr im Dschungel

Die drei ??? Kids — Monster-Wolken

Jumboband
☐ Insel der Haie*
☐ Fußballgötter*
☐ Duell der Ritter*
☐ Monster in Rocky Beach*
☐ Ein Fall für Superhelden*
☐ Jagd auf das Dino-Ei*
☐ Falsche Fußballfreunde*
☐ Tanz der Skelette*
☐ Der singende Geist*
☐ Schatz der Piraten*
Jumboband
☒ Tatort Kletterpark*
☐ Mächtige Magier*
☐ Geheimnis der Tiere*
☐ Zombie-Alarm*
☐ Der schwarze Joker*
☐ Das Rätsel der Könige*
☐ Der Weihnachtsdieb*
☐ Spur des Drachen*
☒ Fußballhelden*
☒ Gespensterjagd*⁺
☒ Alarm in Dinopark*
☒ Gefahr im Dschungel*
☒ Monster-Wolken*

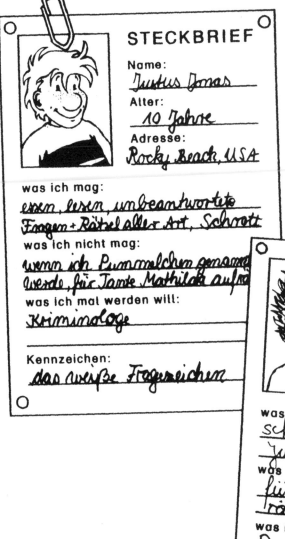

STECKBRIEF

Name:
Justus Jonas

Alter:
10 Jahre

Adresse:
Rocky Beach, USA

was ich mag:
essen, lesen, unbeantwortete
Fragen + Rätsel aller Art, Schrott

was ich nicht mag:
wenn ich Pummelchen genannt
werde, für Tante Mathilda aufrä

was ich mal werden will:
Kriminologe

Kennzeichen:
das weiße Fragezeichen

was ich mag:
schwimmen,
Justus und

was ich nicht mag:
für Tante Ma
räumen, H

was ich mal werden
Profisportler,
100 Jahre a

Kennzeichen:
blaues Frag